괜찮아. 우리 모두는 유기견이야

바닐라

김은성

White Wave

목차

줄거리 7
등장인물 9
무대 13

I 왜 이제야 왔어?

1. 안녕 바닐라 15
2. 우리 별이 36
3. 보쓰는 나의 힘 57

II 너 없이는 못 살아!

4. 해일의 그림 72
5. 장강의 수필 114
6. 선영의 편지 125

III 떠나지 마!

7. 미안해 바닐라 140
8. 별이야 미안해 154
9. 괜찮아 보쓰 166

IV 나는 어떡해.

10. 씨씨팔! 186
11. 별이, 왜, 나는 196
12. 오도독오도독 202
13. 팔딱팔딱! 207

작가의 말 223

줄거리

저택의 일꾼인 아빠와 둘이 살아가던 중학생 해일이는
우연히 만난 유기견 바닐라와 친구가 된다.
집을 떠난 엄마가 그리운 해일이는
분홍 돌고래 핀핀의 이야기를 상상하며
비밀스러운 속마음을 도화지 위에 펼쳐 나간다.
그 무렵 이웃으로 이사 온 화가 선영 가족을 만나며
해일은 조금씩 웹툰 작가의 꿈을 키우게 된다.
난데없이 욕을 뱉는 틱 증상 때문에 친구가 없는 해일은
선영의 애정 어린 위로를 받고 서서히 웃음을 되찾는다.
꼬마 별이를 각별하게 아끼며 선영의 마음에 보답하던 해일은
용돈을 모아 우주 비행사가 꿈인 별이에게 미니 드론을 선물한다.
화창한 어느 날, 어른들이 없는 틈을 타 저택의 넓은 정원으로
드론을 날리러 간 해일은 별이, 바닐라와 함께 신나는 시간을 보낸다.
그런데 평화롭고 즐겁던 정원에서 놀라운 사건이 벌어진다.
위기에 빠진 바닐라를 지키기 위한 해일의 눈물겨운 노력이 시작된다.

등장인물

하해일 여. 16세. 중학생.

뚜렛 증후군을 앓고 있다.

엄마를 그리워하는 마음을 그림으로 그린다.

웹툰 작가가 되는 게 꿈이다.

유기견 바닐라를 만나 친구가 된다.

바닐라 암. 4세. 진돗개.

어느 날 영문도 모르게 산길에 버려졌다.

기다려도 주인은 오지 않았다.

해일을 만나 바닐라라는 이름을 갖게 됐다.

하상근 남. 40대. 해일의 아빠.

아내와 헤어진 후 해일을 혼자 키운다.

몇십 년째 저택 회장의 충직한 일꾼이다.

허리가 자주 아프다.

엄은지 여. 30대. 해일의 엄마.

철없던 어린 나이에 해일을 낳았다.

남편과 이혼한 후 일하던 식당의 사장과 함께 산다.

김영수 남. 30대. 선영의 남편.
변두리 학원에서 수학을 가르치며 돈을 번다.
종종 밴드 공연을 하는 무명 가수다.

이선영 여. 30대. 영수의 아내.
변두리 학원에서 미술을 가르치며 돈을 번다.
화가의 꿈을 버리지 않고 열심히 그림을 그린다.

김별이 남. 3세. 영수와 선영의 아들.
밝은 아빠와 현명한 엄마 덕분에 건강하게 잘 자랐다.
우주 비행사가 되는 게 꿈이다.

장장강 남. 60대. 제약 회사 회장.
장교 출신으로 아버지의 회사를 물려받았다.
가족들 모두 미국에 있다.
외로운 저택에서 홀로 지낸다.

오현지 여. 30대. 에세이 작가.

　　　　제약 회사 백서 집필을 위해

　　　　장강을 인터뷰하러 저택에 드나든다.

　　　　장강의 첫사랑과 닮았다. 그의 짝사랑을 받는다.

보쓰 수. 11세. 저먼 셰퍼드.

　　　　군견 훈련소 출신이다.

　　　　장강의 반려견으로 최상의 환경에서 지낸다.

　　　　나이가 들면서 몸이 전처럼 날렵하지 않다.

　　　　우울증을 앓기 시작했다.

* 그 외, 장면과 대사 사이에 기습적으로 등장하는 다양한 인물들은
영상과 소리로 표현되어도 좋다.

* 바닐라와 보쓰 역을 맡은 배우가 개의 몸짓을 흉내 내지 않았으면 좋겠다.
개도 사람처럼 보였으면 좋겠다.
표정 변화나 몇몇 자세로 개의 특성이 보이길 바란다.

무대

장강의 양옥 저택 정원.
잔디밭이 펼쳐진 뜰에 야외용 탁자와 의자, 원목 그네,
소형 미끄럼틀, 시소, 트램펄린이 조화롭게 놓여 있다.
이 사실적 공간에서 인물들은
과거와 미래, 현실과 상상을 자유롭게 넘나들며
연극의 시공간을 창조해 낸다.

*무대 한쪽에 [막]이 배치되어 다양한 용도로 활용되길 바란다.
 [막]은 그림과 영상이 맺히는 스크린의 역할을 하며,
 때로는 그림자극이 펼쳐지는 장소로 쓰인다.

Ⅰ. 왜 이제야 왔어?

1. 안녕 바닐라

물안경을 쓴 해일, 미끄럼틀 아래 앉아 있다.
그림을 그리던 해일, 벌떡 일어나 호흡을 고르며 객석을 본다.

해일   언제부터 왜 그렇게 됐는지는 아무도 몰라.
         세상 모든 공기가 물로 변했어.

[막]에 해일의 웹툰 스케치가 펼쳐지기 시작한다.
해일, 미끄럼틀 위로 올라간다.
관객들에게 자신이 그리고 있는 웹툰 이야기를 들려주는 해일.

해일   어비스 러브.
         심해의 사랑.

무지무지 깊은 바다에서 펼쳐지는 러브 스토리야.
주인공은 돌고래 소녀, 핀핀!
핀핀은 원래 분홍색 돌고래였어.
그런데 어느 날
마남대왕의 저주를 받았어. 빠초라초빠!
윗몸이 사람으로 변하는 저주.
지느러미가 사라지고 가슴, 팔, 손이 생겨났어.
그것까지는 참을 수 있었지만
머리도 인간으로 변해 버렸어.
초음파 광선을 쏘던 소리주머니 대신에
짜고 쓴 혀의 감촉을 느꼈을 때
핀핀은 절망에 빠졌어.
말을 해야 하는 인간이 되는 건
말이 필요 없는 돌고래한텐 엄청난 고통이야.
물속에서 어떻게 말을 하고 살아?
핀핀은 모험을 떠나기로 결심해.

해일, 미끄럼틀을 내려가 물속을 헤엄치듯 앞으로 나아간다.

해일 저주를 풀기 위해서는 주파수가 같은
파란색 돌고래 소년을 만나야 해.
핀핀은 마법의 협곡을 찾아 깊은 바다
이곳저곳을 떠돌고 있어.

　　　　무시무시한 협곡에
　　　　저주받은 돌고래 소년이 갇혀 있거든.

해일, 고개를 돌려 정면을 응시한다.

해일　　또또! 블루 보이 또또.
　　　　내가 찾고 있는 너의 이름이야.

해일, 한 발짝 앞으로 온다.
한동안 객석을 둘러본다. [막]에 들어오던 빛이 꺼진다.
해일, 낙담하며 물안경을 벗는다.
또또의 모습이 마음에 들게 그려지지 않아 속상한 마음을 고백한다.

해일　　어떻게 하면 너를 찾을 수 있니?
　　　　왜 나를 찾아오지 않는 거야?
　　　　어떻게 하면 너를 그릴 수 있니?
　　　　너는 어디에 있는 거야? 응?

해일, 점점 어둑하게 움츠러든다.
틱 증상이 시작됐던 그날, 교실의 기억이 떠오른다.

국어 교사　(영상) 보자, 시에 습니다가 다섯 개나 있지?
　　　　이게 반복됐잖아? 반복을 하게 되면 뭐가 생긴다고?

그렇지! 운율. 자, 적어라. 시의 특징. 운율.

사회 교사   (영상) 툰드라 지역은 겨울에 햇빛을
못 보는 경우가 많아.
그렇기 때문에 겨울에 뭐가 나타날 수 있느냐?
낮이 나타나지 않고 계속 밤만 지속되는 현상.
그걸 갖다 뭐라 그래? 응? 극야!

해일, 웅크린다.

반복적으로 고개를 튕긴다.

영어 교사   (영상) He went to the airport to see Mary off.
I was happy to meet Minha
해일   씨발.

해일, 입을 막는다.

영어 교사   (영상) You must be proud to see your sister succeed.
해일   씨발 새끼!
영어 교사   (영상) 뭐? 누구야? 누가 욕했어?

해일, 입을 틀어막는다.

영어 교사   (영상) 누구야?

사회 교사 (영상) 누가 그랬어?
국어 교사 (영상) 누가 욕했어?
함께   (영상) 누구야? 누구야!
해일   씨씨발!

학생들의 웃음소리가 들려온다.
해일, 귀를 막는다.

여학생A (소리) 아, 재수 없어!
남학생 (소리) 미친, 붕신, 틱 환자.
여학생B (소리) 하해일 걔는 전학도 안 가요. 완전 자퇴각인데.
해일   씨발! 아니야!
함께   (소리) 미친, 붕신, 틱! 틱! 틱!

학생들의 야유와 웃음소리.
해일, 우두커니 마스크를 쓰고 구석으로 간다.
해일, 마스크를 벗는다. 엉거주춤 객석을 본다.

해일   안녕.
           나는 하해일. 중학교 2학년이야. 나이는 열여섯.
           원래는 씨씨발. 중3인데
           초딩 때 1년 꿇었어. 씨팔!
           미안해.

앞으로 갑자기 욕하는 모습을 많이 보게 될 거야.
네가 마음 상하지 않았으면 좋겠어.
갑자기 이렇게 됐어.
초등학교 3학년 겨울 방학 때였는데
왜 이렇게 됐는지 나도 몰라.

해일, 말하는 속도가 점점 빨라진다.

해일   의사가 그랬어.
뇌에 도파민이 너무 많아서 그런 거라고.
도파민은 기분 좋을 때 나오는 호르몬이래.
이상하잖아? 그러면 웃음이 나와야지.
왜 욕이 나오는 거야?
왜 나는 욕을 하지?
왜 나는 소리를 지르게 될까?
나 원래 욕하는 거 싫어해.
존나, 존나, 이러는 애들 열라 싸 보이잖아.
뚜렛 증후군. 보통 틱이라고 불러.
틱은 참을 수가 없어.
재채기 나올 때처럼. 딸꾹질 나올 때처럼.
나도 모르게 아무 때나 막 나와.
학교에서, 성당에서, 버스에서, 지하철에서,
걷다가도, 밥 먹다가도, 화장실에서도,

극장도 못 가!

씨발! 아니야! 씨씨발.

벌써 눈치 깠겠지만 왕따야, 나.

웃기면 웃어도 돼.

이해돼. 나 같은 걸 누가 좋아하겠어?

학교 가기 진짜 싫어.

근데 뾰족한 수가 없어.

일주일에 한 번 병원 가고, 상담받고,

약 받고, 약 먹고, 다야 그게.

좋아질 거래. 의사고 선생이고 나발이고.

진짜? 그럴까? 나는 괜찮아질까?

속사포처럼 말을 쏟아내던 해일,

그네에 앉아 시무룩하게 생각에 잠긴다.

상근, 장강의 서류 가방을 들고 건물에서 나온다.

종종걸음으로 정원을 가로질러 밖으로 나간다.

해일　　우리 아빠야.

　　　　이 집 운전기사야.

장강, 건물에서 나와 느그적느그적 밖으로 나간다.

해일　　저 할아버지가 주인이야.

아빠는 20년 넘게 저 할아버지 밑에서 일했어.
온갖 잡일을 다 하는 것 같아.
아빠는 자기를 집사라고 하는데
이 집 사람들은 아빠를 하 씨라고 불러.

해일, 일어나 정원을 둘러본다.

해일 집, 진짜 좋지?
죽이지? 부럽지?
사실 나도 몇 번밖에 와 본 적 없어.
우리 집은 저 비탈 아래 골목길에 있어.
(갑자기 또) 씨발! 아니야! 씹팔!

해일, 객석 앞으로 달려 나온다.

해일 씹팔!

해일, 입을 막으며 놀라고 당황한다.

해일 처음 틱이 시작됐을 때
너무 무서웠어.
왜 그래? 응? 씨씨발!

해일, 놀라 입을 막는다.

상근, 들어와 해일 뒤에 선다.

해일 씨씨발!

상근 (고함) 또!

해일, 차렷 자세로 경직된다.

상근 할 수 있어!

해일 아빠는 내 입에 스카치테이프를 붙였어.

30분 동안 서 있게 했어.

꼼짝 못 하게. 이렇게.

학부모A (소리) 그게 어디 노력으로 되나요?

상근 노력으로 안 되는 건 없어!

해일 아빠 얼굴만 똑바로 보라고 했어.

학부모B (소리) 애들이 공부를 못 하겠대요.

상근 정신력이 문제야!

해일, 정면을 뚫어져라 응시한다.

상근 아빠가 고쳐 줄게.

해일 아빠 눈을 피하면 뺨을 때렸어.

학부모C (소리) 우리 애도 정신병 걸리게 생겼어요!

상근   할 수 있어! 다시!

한동안 침묵.
해일의 눈에 눈물이 맺힌다.

해일   울지 않을 거야.
상근   거 봐! 되잖아!

상근, 감격해 양손으로 해일의 얼굴을 감싼다.

해일   씨씨발!

상근, 손을 치켜든다.
해일, 반사적으로 웅크린다.
상근, 손을 내리며 한숨을 쉰다.

해일   씨발. 아니야! 씨팔! 씨씨발! 씹팔! 아니야! 씨발.

해일, 반복적으로 고개를 튕긴다.
상근, 돌아앉아 흐느낀다.

해일   다음 날이면 틱이 훨씬 더 심해졌어.
          아빠는 술에 취해 들어왔어.

	엉엉 울면서 미안하다고 했어.
상근	아빠가 잘못했어.
해일	어떤 날은 무릎도 꿇었어.
상근	다 너를 위해서 그런 거야.

상근, 잠든다. 코를 곤다.

해일　　엄마한테 했던 거랑 똑같아.

상근, 새우처럼 몸을 웅크린다.
해일, 상근을 본다.

해일　　싫어, 미워, 아니, 무서워.
　　　　　아니. 불쌍해.
　　　　　그래, 나 때문이야.
　　　　　다, 나 때문에 이렇게 됐어.

해일 엄마 은지, 무대 한쪽에 등장해 어둑한 얼굴로 해일을 본다.

은지　　맞아? 네가 아빠한테 일러바친 거야?

해일, 고개를 튕긴다.

은지 맞아? 맞아? 너, 진짜 그랬어?

해일, 고개를 숙이고 뚜벅뚜벅 미끄럼틀 위로 올라간다.
바닐라, 무대 구석에 슬그머니 등장해 해일을 바라본다.

해일 나는 산이 좋아.
사람이 없거든.
우리 동네 뒷산에 올라가면
조선 시대 성벽도 있고,
나무랑 꽃들도 엄청 많아.
하늘도 더 넓게 보여.
틱도 마음껏 할 수 있어.
근데 해도 되는 곳에서는 나오지도 않아.
(일부러) 씨발.

바닐라 월 월.

바닐라, 미끄럼틀 위로 올라간다.
바닐라를 보던 해일, 미끄럼틀을 타고 내려온다.
바닐라, 해일을 내려다본다.

바닐라 월 월.

해일, 바닐라를 올려다본다.

해일　　왜? 왜 자꾸 따라와?
바닐라　　이이잉.
해일　　그렇게 불쌍한 눈으로 보지 마.

해일, 돌아서서 시소 끝에 거꾸로 앉는다.
바닐라, 미끄럼틀을 내려와 슬그머니 시소 맞은편에 앉는다.
해일, 바닐라를 돌아본다.
바닐라, 눈을 꿈벅거린다.

해일　　안 돼.
바닐라　　이이잉.

해일, 돌아앉는다.
해일과 바닐라, 마주 보고 시소를 탄다.

해일　　이름이 뭐야?
바닐라　　…….

바닐라, 천진난만한 표정으로 고개를 흔든다.

해일　　그런 달달한 표정으로 이 험난한 세상을 어떻게 살아?

바닐라, 해일을 빤히 보며 혀를 빼꼼거린다.

해일, 고개를 돌려 객석을 본다.

해일   산길에서 만난 이름 모를 강아지.
         나를 졸졸 쫓아왔어.
         가라고, 가라고 하는데도.
         꼬질꼬질해진 바닐라색 얼굴이
         나를 빤하게 보고 있었어.
         촉촉하게 젖은 어린 눈동자가 나만 보고 있었어.

해일, 바닐라를 본다.

해일   그래, 너도 버려졌구나.

잠시 고민하던 해일, 갑자기 시소에서 일어난다.

바닐라, 바닥에 튕겨져 뛰어오른다.

해일   바닐라. 뭐라고?
바닐라 바닐라.
해일   그래. 네 이름은 앞으로 바닐라야.
바닐라 바닐라!

해일, 양팔을 벌린다.

바닐라, 껑충껑충 달려와 해일의 품에 안긴다.

해일　　괜찮아.

　　　　우리 모두는 유기견이야.

2. 우리 별이

영수, 그네에 앉아 기타를 치며 자작곡을 부른다.
[막]에 선영의 그림을 배경으로 영수의 손글씨 가사가 이어진다.

영수   (노래) 이런 집에 살았으면 좋겠네
　　　　　이런 집이 우리 집이면 좋겠어
　　　　　높은 담장 너머 살짝 보였네
　　　　　푸른 잔디밭과 미끄럼틀
　　　　　저런 집엔 대체 누가 사는 거야
　　　　　좁은 문틈 사이 살짝 들렸네
　　　　　텀블링하는 아이들의 웃음소리
　　　　　저런 집은 대체 얼만 거야
　　　　　나에게도 꿈이 하나 생겼지

전에 없던 큰 욕심이 생겼어

바로 바로 별이 때문이지

반짝반짝 별이 빛날 거야

언젠가는 밤하늘을 보며 웃을 거야

언젠가는 이런 집에 살게 될 거야

선영, 들어와 그네에 앉는다.

정원을 돌며 노래하던 영수, 정면을 본다.

영수   네 소식을 처음 들었을 때
선영   (심각하게) 나, 임신했어.
영수   어디선가 탱크가 굴러오는 소리가 들려왔어.
선영   결혼할 생각이 1도 없었거든.
영수   우리 결혼하자!
선영   미사일 날아오는 소리가 들렸어.
영수   사람들은 모두
선영   그 소리의 정체가
영수   날벼락이라고 했어.
선영 친구   (영상) 미쳤구나.
영수 친구   (영상) 돌았구나.
선영 모   (영상) 집은? 차는?
영수 부   (영상) 미안하다.
선영 모   (영상) 밥은?

영수 부   (영상) 굶기야 하겠냐.
선영 모   (영상) 땅 파먹고 살래!

둘, 마주 본다.

선영   그건 탱크 소리도
영수   미사일 소리도
선영   날벼락 소리도 아니었어.
영수   우리를 부르는
선영   너의 심장 소리였어.

둘, 숨을 죽이고 초음파 심장 소리를 듣는다.

선영   2018년 4월 2일
영수   오후 5시 59분
선영   키 53센티미터
영수   몸무게 3.7킬로그램
선영   건강한 왕자님이었어.

불쑥 미끄럼틀 위에 모습을 드러낸 별이,
영수와 선영을 향해 윙크를 한다.

별이   안녕. 반가워.

영수와 선영, 반갑게 손을 흔든다.

별이　　괜찮겠어? 준비들 됐어?

영수와 선영, 팔을 벌린다.

별이　　자, 간다.

별이, 미끄럼틀을 타고 내려오려다 멈춘다.

별이　　자세가 그게 뭐야?
영수　　응?
별이　　꿇어!

영수와 선영, 바닥에 넙죽 엎드린다.

별이　　우하하하하하.

별이, 미끄럼틀을 내려오며 악당처럼 웃는다.

영수　　너는 왕자가 아니라
선영　　왕이었어. 그것도

영수　　무시무시한 폭군.

별이　　배고파!

선영, 별이에게 젖병을 물린다.

별이　　졸려.

영수, 별이를 그네에 앉히고 조심스럽게 흔든다.

별이　　심심해.
선영　　응?
별이　　그거.
영수　　응?
별이　　모빌!

선영, 후다닥 토이 박스를 가져와 모빌을 꺼낸다.
영수, 모빌을 살랑거린다.

별이　　약해.
영수　　응?
별이　　장난해?
　　　　우와와와와왕!

별이, 그악스럽게 운다.

선영　　전차 군단이 밀려오는 소리였고
영수　　폭격기 편대가 날아오는 소리였어.
　　　　　밤이고 낮이고
선영　　시도 때도 없이 몰아치는
영수　　날벼락 같은 울음소리가
선영　　갈고리를 걸어
영수　　물음표를 던져 왔어.
별이　　나, 왜 울어?
　　　　　나, 배고파?
　　　　　나, 졸려?
선영　　너는 마법사가 되어
영수　　나를 젖병으로
선영　　턱받이로
영수　　포대기로 만들었어.
별이　　나, 아파?
　　　　　나, 괜찮아?
　　　　　(버럭) 어디 많이 아픈 거 아니야?
선영　　너는 나를 온도계로, 가습기로, 소독기로
영수　　청진기로, 정수기로, 공기청정기로 만들었어.
별이　　나, 언제 뒤집어?
　　　　　언제 앉아?

    언제 일어나?

    이는 언제 나?

    나, 언제 말해?

영수 너는 나를 딸랑이로

선영 그림책으로

영수 보행기로 만들었어.

별이 나, 훈남이야?

    나, 공부 잘해?

    성격은 좋아?

    잘생겼어? 키는 커? 피부는?

    근데 이유식이 왜 이래?

    유모차가 너무 후진 거 아니야?

    집은 왜 이렇게 좁아?

    어? 우리 집 가난해?

선영 의사, 교사, 영양사, 조리사는 기본.

영수 복지사, 세무사, 보험사, 중개사까지.

선영 우리는 다양한 모습으로 변신해야만 했어.

별이, 불쑥 옹알이를 한다.

별이 어엄마.

선영, 감격해 별이를 본다.

별이　　아바바.

영수, 별이를 안는다.
선영, 영수를 본다.

선영　　아빠.
영수　　엄마.
선영　　물음표를 아주 많이 풀어야
영수　　느낌표 하나를 얻는다는 걸 알게 됐어.

별이, 잠이 든다.
머잖아 영수와 선영도 잠이 든다.
셋, 나란히 그네에 앉아 코를 골며 잔다.
알람이 울린다.
영수와 선영, 벌떡 일어난다.

선영　　엄마는 월, 수, 금.
　　　　　미술 학원에 출근해.

선영, 별이에게 뽀뽀하고 탁자 앞으로 가, 강의를 한다.
영수, 별이를 어르며 이유식을 먹인다.

선영   수채화는 물 때문에 망치는 경우가 많아.
         아직 안 말랐는데 색칠을 계속하니까
         면이 뭉개졌잖아.
         침착하게 말려 가면서 그려야지.
영수   아빠는 화, 목, 토.
         보습 학원으로 가.

영수, 별이에게 뽀뽀하고 탁자 뒤로 가, 강의를 한다.
선영, 별이를 달래며 얼굴을 씻긴다.

영수   그러니까 무리수가 어떤 수인지,
         실수가 어떤 수인지 확실하게 알아야지.
         유리수, 무리수 교집합은 공집합이고
         유리수, 무리수 합집합은 실수의 집합이야.

별이, 그네에 누워 잠든다.
선영, 영수를 향해 걷는다.

영수   오늘은 토요일 저녁!
선영   외식하는 날이야.
영수   한잔하는 날이지.
선영   할머니가 잠깐 너를 봐 주는
영수   꿀 떨어지는 저녁!

선영　　아빠가 동네에 도착하면 아홉 시.

영수　　엄마는 저녁을 먹지 않고 기다려.

선영　　아빠는 보쌈에 막걸리를 좋아하지만

영수　　오늘도 엄마가 좋아하는 감자탕에 소주.

둘, 탁자에 마주 앉아 건배하고 마신다.

영수　　건강 보험료? 얼마나 올랐는데?

선영　　3만 원 가까이 돼.

영수　　진짜? 그때 그 상금 받은 거 때문에?

선영　　응.

영수　　진짜 꼼꼼하다 꼼꼼해.

선영　　육아 지원금도 깎이는 거 아닌가 모르겠어.

영수　　치사한 새끼들. 어떻게 해야 되는데?

선영　　뭐, 증명서 같은 거 내야 된대.

　　　　　월수입이 아니라는 거, 뭐래더라?

영수　　해촉 증명서?

둘, 어둑하게 잔을 부딪친다.

선영　　강 교수님 만났어.

　　　　　파리 다녀왔는데, 18구?

　　　　　거기 난민촌에서 한국인 화가를 만났다나.

쪽방에서 쫄쫄 굶으면서도 그림 그리더라고.
정말 예술은 그렇게 하는 거라고.
그림은 그렇게 그려야 하는 거라고.
너는 왜 그림 안 그리니? 하는데 속으로 그랬어.
토 나온다. 토 나와.
너도 그렇게 안 살았잖아? 나한테 왜 그래?
양복 입고 앉아서 심사나 하는 주제에.
더 나왔더라. 그 배.
진짜 주먹 한 방 쑤셔 박고 싶었어.

둘, 일어나 손을 잡고 걷는다.

영수　　2차는 만 원의 행복.
선영　　안 돼.
영수　　우리는 편의점과 마트 사이에서 늘 다퉈.
선영　　피티로 사.
영수　　만 원에 네 캔!
선영　　피티가 싸. 같은 맥주야.
영수　　하이네켄을 이렇게 마실 수 있는 게 어디야?
　　　　　나, 옛날에 편의점 알바 할 때는 꿈도 못 꿨어.
선영　　바로 그 편의점에서 아빠를 처음 만났어.
영수　　공연 보러 오세요.
선영　　공대 밴드에서 기타를 친대.

흙수저

공대밴드

2011.9.20~23 19:3
학생문화회관 소공연장

영수 포스터 좀 그려 주시면 안 될까요?

선영 생각한 컨셉이라도 있으세요?

영수 흙수저를 마이크 모양으로 어떻게 안 될까요?

선영 그때 알아봤어야 했어.

영수 싱어송라이터와 화가의 만남! 멋있지?

선영 아빠는 오늘도 자갈치 한 봉지를 집었어.

영수 어렸을 때, 집에 손님이라도 오셔서
 슈퍼에 데리고 가면 고르고 고르다가
 망설이고 망설이다가 자갈치 하나만 집는 거야.

선영 왜?

영수 그냥. 몰라.
 베스트원도 있고 투게더도 있고
 하다 못해 오징어땅콩도 있었는데.

선영 연애 시절, 그 말이 짠했어.

영수 가끔 내 인생도 그렇게 될까 봐 걱정이 돼.
 자갈치 하나만 들고 나오면 어떡하지?

선영 오늘은 스모크치킨도 먹자.

영수 와! 치맥이네!

둘, 화단을 본다.

영수 엄마에게 꽃 한 번 못 사 줬지만
 골목 어귀에 있는 꽃집 화단과

	줄지어 늘어선 화분들의 제철 꽃을 보는 것만으로도
선영	우리는 행복해.
	빨리 가자.
영수	우리는 꿈이 있어.
선영	우리는 별이가 있어.

둘, 별이가 잠든 그네로 다가온다.
조심스럽게 별이에게 뽀뽀를 한다.
둘, 그네 앞에 앉는다.

선영   왜?
영수   오랜만이지?

둘, 키득거리다가 마주 본다.
입술이 가까워진다.

별이   뭐 해?

영수와 선영, 돌아본다.
별이, 엉거주춤 일어나 둘을 향해 엉덩이를 내민다.

별이   응가.

영수와 선영, 고개를 저으며 웃는다.

영수　　아이구, 이게 누구야?
별이　　나? 미운 세 살!

별이, 혀를 내민다.

별이　　메롱.

3. 보쓰는 나의 힘

장강과 현지, 정원 탁자에 앉아 마주 보고 앉아 있다.
현지, 기업 백서 집필을 위한 인터뷰 노트를 펼친다.

현지　　1972년, 육사 32기로 입학하셨는데 군인이 꿈이셨나요?
장강　　네. 운동 신경도 좋고 국가관이랄까요?
　　　　　조국을 위해 희생하는 삶을 살아야겠다…….
장강 부　(영상) 앞으로 50년은 군인들 세상이야!
장강　　아버지.
장강 부　(영상) 너는 무조건 육사로 간다!
장강　　아버지, 저는 다른 꿈이 있습니다.
장강 부　(영상) 하라는 대로 해!
현지　　93년, 전방 부대 지휘관으로 계시다가

	갑자기 회사로 오시게 되셨는데,
	어떠셨어요?
장강	중령으로 진급해서 대대장이 됐을 때였어요.
장강 모	(영상) 장강아! 아버지 쓰러지셨다!
장강	회사 상황이 좋지 않았습니다.
	우리 용호약품이 당시에는
	오가피 드링크 하나로 버티는 회사였어요.
현지	광고 생각나요. "오가다가! 오가피콜!"
장강	중소기업에서 중견기업이 되기까지
	돌아가신 어머니가 고생이 많으셨어요.
현지	공미자 사장님 때부터
	전문 의약품 개발을 시작하셨던 거죠?
장강	조사를 많이 하셨네요.
현지	공 사장님 돌아가시고 대표가 되신 지
	20년이 되셨습니다.
	경영에 대한 자평을 부탁드려도 될까요?

현지를 물끄러미 바라보던 장강, 상상에 빠진다.

장강의 속내를 현지는 듣지 못한다.

한동안 둘의 동문서답이 이어진다.

장강   아니.

싫어.

	그런 재미없는 말은 그만.
	너, 몇 살이니?
	결혼은 했니?
	이마가 참 예쁘구나.
	말도 어쩜 그렇게 가지런하게 하니?
	그 싱싱한 이빨처럼 말이야.
	그 손가락 확 깨물고 싶어!
현지	그럼 이제 가족 이야기로 좀 넘어가 볼게요.
	잉꼬부부로 알려져 있으시던데요?
장강	누가 그래?
장강 처	(소리) 히히히히히.
현지	사모님을 함께 뵀으면 했거든요.
장강	끔찍했을 거야.
현지	어떻게 만나셨어요?
장강	기억하고 싶지도 않아.
현지	아! 그렇게 만나셨구나. 멋지시네요.
장강	몇 살이니? 서른다섯? 여섯?
현지	잘 지내시는 비결이 뭘까요?
장강	별거한 지 10년도 넘었어.
장강 처	(소리) 호호호호호.
현지	아, 정말 잘 맞으시나 보네요.
장강	결혼은 했어?
	아직 안 한 거 같은데?

현지 여행에서는 언제 돌아오세요?

장강 안 온다니까.

장강 처 (소리) 나이스 샷!

장강 테니스 코치랑

장강 처 (소리) 러브 게임!

장강 바람났어.

현지 사모님은 정말 행복하시겠어요.

현지, 일어나 정원을 본다.

현지 집이 정말 멋져요.

장강, 일어선다.

장강 살게 해 줄까?

현지 이런 집에서 살아 보는 게 꿈이었는데.

장강 지금 들어갈래?

현지 손자들이 정말 좋아하겠어요.

　　　놀이동산이 따로 없어요.

장강 이제 오지도 않아.

현지 아, 미국에요?

　　　보고 싶으시겠어요.

장강 딸 (소리) 애들 다 잔다니까요.

장강 그래도 좀 깨워 봐.

장강 딸 (소리) 여기는 지금 밤이잖아요.

　　　　또 술 드셨어요?

장강 너, 그러는 거 아니다.

장강 딸 (소리) 아버지나 속 좁게 그러지 좀 마세요.

장강 그년이 나한테 어떻게 했는지 몰라서 그래?

장강 딸 (소리) 그럼 인연을 끊어요? 그래도 엄만데.

장강 너는 내가 불쌍하지도 않아?

장강 사위 (소리) I'm sorry but you'd better stop now.

장강 뭐?

장강 사위 (소리) You should stop!

흥분한 장강, 벌떡 일어서며 보쓰를 부른다.

장강　　보쓰!

보쓰, 건물에서 나와 장강을 향해 달려온다.

장강　　앉아.

보쓰, 장강 앞에 앉는다.

현지　　이름이 멋지네요.

보쓰의 개. 보쓰.

장강   빙고.
현지   잘생겼네요.
장강   누워.

보쓰, 눕는다.

장강   굴러.

보쓰, 뒹군다.

장강   앉아.

보쓰, 앉는다.

현지   똑똑하네요.
장강   독일산 셰퍼드예요.
현지   어떻게 만나셨어요?
장강   현지에서 입양했어요.
           바츠만 기슭에 있는 시골 마을에서 직접 데려왔어요.
현지   멋있어요.

장강, 보쓰에게 손을 내민다.

장강   레디?

보쓰, 일어나 폼을 잡는다.

장강   고.

보쓰, 왈츠에 맞춰 춤을 춘다.
현지, 웃으며 박수를 친다.
장강, 현지에게 다가가 춤을 청한다.
장강과 현지, 격렬하게 왈츠를 춘다.

장강   하나, 둘, 셋, 둘, 둘, 셋······.
현지   호호호호호.

장강, 짝을 바꿔 보쓰와 춤을 춘다.
현지, 손수건을 꺼내 땀을 닦는다.
장강, 짝을 바꿔 다시 현지와 춤을 추려는데
현지, 가고 없다.
왈츠, 끊긴다.
장강, 휑한 정원을 둘러본다.
보쓰, 웅크리고 앉아 시무룩한 얼굴로 장강을 본다.
장강, 탁자 옆 바닥에 앉는다.

손톱을 물어뜯는다.

보쓰, 장강 옆에 조용히 앉는다.

보쓰 괜찮아?
    근데 바츠만 기슭은 뭐야?
    왜 거짓말했어?
    조 회장 집 개. 걔가 그렇게 부러웠어?

장강 ……미안해.

보쓰 내가 창피해?

장강 아니야.

장강, 보쓰의 머리를 쓰다듬는다.

보쓰 사실, 나 고백할 거 있어.
    너, 박 상사한테 속았어.
    나, 군견 훈련소에서 태어난 건 맞는데
    사실, 군견은 아니었어.

장강, 보쓰를 물끄러미 본다.

보쓰 군견 적격 심사, 그거 너무 힘들었어.
    활동성, 사회성, 소유욕, 운동 능력 심사에
    감각 훈련, 명령 반응, 폭음 대처, 담력 평가!

혹독한 시험이었어.

보쓰, 장강의 눈치를 본다.

보쓰 사실은 시험도 못 봤어.
기본 심사에서 떨어졌어.
프리스비! 그것 때문에 다 망쳤어.
장강 프리스비?
보쓰 원반 물기!
내가 주력은 좀 되는데 점프력이 안 돼.
껑충껑충 날아다니는 애들을 어떻게 당해?
100점 만점에 80점 넘어야 되는데
나, 떨어졌어.
나, 천만 원짜리 아니야.
많이 나가야 한 오백? 육백?
장강 알아.
보쓰 알았어?
장강 응.
보쓰 진짜?
장강 박 상사한테 나중에 오백 돌려받았어.

보쓰, 물끄러미 장강을 본다.

보쓰 미안해.

장강 뭐가?

보쓰 그냥.

장강 괜찮아.

보쓰 나 요즘 너무 우울해.

소화도 잘 안되고, 살만 찌고, 자꾸 화가 나고,

이유 없이 그래.

갑자기 똥이 먹고 싶을 때가 있어.

장강 그건 안 돼.

보쓰 히힝.

장강 너도 이제 늙은 거야. 열한 살이면 영감님 다 됐어.

보쓰 신발 벗어 주면 안 돼?

장강, 구두를 벗어 준다.

보쓰, 장강의 발 냄새를 맡는다.

보쓰 구린내. 마음이 편안해져.

장강 아까 함부로 해서 미안하다.

보쓰 나랑 있을 때는 안 그러잖아.

남들 앞에서만 그렇게 시키잖아.

왜 그러는지 나도 다 알아.

장강, 손톱을 물어뜯는다.

보쓰 또 그런다, 또.

그 여자 많이 보고 싶어?

장강, 고개를 끄덕인다.

보쓰 피 나잖아?

보쓰, 장강의 손가락을 핥는다.

Ⅱ. 너 없이는 못 살아!

4. 해일의 그림

해일과 바닐라, 캐치볼을 한다.

둘, 한동안 말없이 공을 주고받는다.

해일, 일부러 공을 구석으로 던진다.

바닐라, 공을 찾으러 간다.

해일, 그네 밑으로 숨는다.

바닐라, 잠시 두리번거린다.

귀를 세우고 코를 벌렁거린다.

이내 해일을 향해 달려온다.

해일, 바닐라를 밀치며 웃는다.

바닐라, 해일 곁을 뒹군다.

해일의 손에 공을 쥐여 준다.

해일, 공을 던진다.

바닐라, 공을 향해 달려간다.

해일, 미끄럼틀 뒤에 숨는다.

입을 막고 숨을 죽인다.

바닐라, 잠시 두리번거린다.

귀를 세우고 코를 벌렁거린다.

해일에게 달려온다.

해일, 바닐라를 밀치며 도망간다.

바닐라, 해일을 끌어안는다.

둘, 웃으며 뒹군다.

해일   왜 이렇게 잘 찾아?
바닐라   팔딱팔딱!
해일   팔딱팔딱?

바닐라, 고개를 끄덕이며 해일의 가슴을 본다.

해일   심장이 뛰는 소리?
       그게 들려?

해일, 가슴에 손을 얹고 눈을 감는다.

바닐라   깡똘깡똘!

해일, 벌렁거리는 바닐라의 코를 본다.

해일   깡똘깡똘?

바닐라, 해일의 주머니에 코를 대고 킁킁거린다.
해일, 주머니 속에서 짱돌을 꺼낸다.

해일   돌에서도 냄새가 나?

바닐라, 고개를 끄덕인다.
해일, 짱돌을 움켜쥔다.

여학생A   (소리) 야! 하해일!
남학생   (소리) 틱, 틱, 틱.
여학생B   (소리) 씨팔!
남학생   (소리) 틱! 틱! 틱!

학생들의 웃음소리.

해일   한 번만 더 그러면 짱돌로 찍어 버릴 거야!

바닐라, 돌을 쥔 해일의 손을 핥는다.
잔디가 노을에 물든다.

바닐라, 돌아서서 멍하니 노을이 깔린 하늘을 본다.

해일　　바닐라는 노을만 보면 외로운 늑대가 돼.
바닐라　우워워.
해일　　누굴 그리워하는 걸까?
　　　　전에 살았던 집에도 이렇게 예쁜 노을이 깔렸던 걸까?
　　　　누군가 돌아오는 시간이었을까?
바닐라　우워워.
해일　　오래오래 기다리던 사람이 노을 앞에 서서
　　　　양팔을 활짝 벌렸던 걸까?
　　　　그 사람의 심장 소리가 노을처럼 번져서
　　　　바닐라의 마음을 쓰다듬어 줬던 걸까?

노을이 짙어진다.

바닐라, 노을을 향해 한 발짝 다가선다.

해일　　그리운 게 많아서
　　　　더 멀리 보고 싶어서
　　　　더 많이 듣고 싶어서
　　　　더 깊이깊이 느끼려고
　　　　바닐라는 더 잘 듣고
　　　　더 잘 맡게 됐을 거야.

해일, 손에 쥔 짱돌을 본다.
멀리 던진다.

해일　　바닐라!
　　　　　노을에서는 무슨 냄새가 나?

바닐라, 해일을 돌아보며 눈을 꿈벅인다.
해일, 손으로 바닐라의 눈을 닦아 준다.

보쓰　　으르렁.

바닐라, 건물을 향해 몸을 낮게 움츠린다.
보쓰, 건물 밖으로 나와 송곳니를 드러낸다.

보쓰　　으르렁!

바닐라, 해일 뒤로 숨는다.

해일　　괜찮아, 바닐라.

해일, 보쓰에게 다가간다.
보쓰, 경계하며 으르렁거린다.
해일, 개의치 않고 쭈그려 앉아 보쓰의 등을 쓸어 준다.

보쓰, 어색해하며 해일의 눈치를 본다.

해일　　　보쓰, 잘 잤어?

보쓰, 일어나 터덜터덜 정원을 돌며 군데군데 영역 표시를 한다.
시소 끝에 앉아 심드렁하게 하품을 한다.
해일, 탁자 아래에서 고급 사료를 꺼내 그릇에 담는다.

해일　　　배고프지?
장강　　　보쓰! 밥 먹어야지?

장강, 건물에서 나온다.
상근, 그릇을 들고 따라 나온다.
장강, 보쓰 앞에 앉는다.

장강　　　왜? 요즘 통 입맛이 없어?

상근, 간식이 든 그릇을 보쓰 앞에 놓는다.
장강, 머핀을 집어 보쓰 입에 내민다.

장강　　　좀 먹어 봐. 응?
해일　　　한우 머핀!
바닐라　　사르르르르!

보쓰, 먹지 않고 고개를 돌린다.

장강, 뼈 껌을 집어 보쓰 입에 내민다.

장강 좀 씹어 봐. 응?
해일 오리 오돌뼈!
바닐라 오도도도독!
해일 바닐라는 꿈도 못 꾸는 최고급 수제 간식!

보쓰, 인상을 쓰며 고개를 돌린다.

장강 왜 그래? 응?

보쓰, 일어나 미끄럼틀 위로 올라가 먼 산을 본다.

장강 영 아니야?

장강, 한숨을 쉰다.

장강 연락해 봤어?
상근 네.
장강 용서해 줄 테니까, 당장 튀어 오라고 해!
상근 그게…….

가정부A   (영상) 한우 머핀? 보쓰 그 새끼가 또 말썽이구만?

　　　　　쌤통이다, 쌤통.

장강　　왜?

가정부A   (영상) 받아 적어.

　　　　　통밀가루, 달걀, 올리브유, 홍두깨살, 올리고당.

상근　　회장님이 빨리 오시래요.

가정부A   (영상) 내가 더러워서 정말, 몇 푼 덜 벌고 말지.

가정부B   (영상) 사람이고 개새끼고 아조 염병을 해.

가정부C   (영상) 갑질도 그런 갑질이 없슴돠.

장강　　뭐?

가정부B   (영상) 지가 무슨 대기업 회장이라도 되는 줄 아는 갑써.

장강　　식모면 식모답게 굴어야지.

가정부C   (영상) 하 씨도 인간답게 살아야 되지 않갔슴까?

장강　　다박다박 기어올라요.

가정부A   (영상) 또 뭐? 뼈껌?

　　　　　일단 오리 뼈를 파는 데가 있어. 거기서…….

　　　　　아, 몰라! 인터넷 찾아봐!

장강　　이것들이 아주 배가 불렀어.

상근　　죄송합니다.

장강　　이번에는 잘 좀 찾아봐.

상근　　네.

장강　　말로만 네, 네.

상근　　죄송합니다.

장강, 미끄럼틀 위의 보쓰를 본다.

장강　　보쓰야, 갔다 올게.
보쓰　　끄으응!

딴청 피우던 보쓰, 후다닥 미끄럼틀에서 내려온다.
장강을 붙잡고 매달리며 끙끙거린다.

장강　　알았어. 알았어. 앉아.
　　　　　(버럭) 앉아!

보쓰, 앉는다.

장강　　너, 어제 보쓰 산책시켰어?
상근　　…….
장강　　왜?
상근　　죄송합니다.
장강　　왜 안 시켰어?
상근　　자리가 길어지실지 몰랐습니다.
장강　　아, 답답한 자식.
　　　　　이렇게 눈치가 없어.
　　　　　원장들 저녁 먹이는 자리가 금방 끝나겠어?

얼른 집에 가서 산책시키고 온다고 하면,
누가 잡아먹어? 일일이 말을 해야 돼?
대기한답시고 차에서 잠만 퍼 자지 말고! 응!

상근 죄송합니다.

장강 야, 하상근이.

상근 네, 회장님.

장강 야, 하상근이.

상근 네, 대장님.

장강 그래. 20년도 넘었다.
너도 대대장 운전병 생활 참 오래도 한다.

상근 아닙니다.

장강 하기 싫으면 그만둬.

상근 아닙니다.

장강 가서 대리운전이나 해, 인마.

상근 아닙니다.

장강, 보쓰의 머리를 쓰다듬는다.

시계를 본다.

장강 얼른 시동이나 걸어.

상근, 서둘러 나간다.

보쓰　　끄으응.

장강, 보쓰의 등을 토닥이고 나간다.
보쓰, 그 자리 그대로 밖을 향해 앉아서
승용차 떠나는 소리가 완전히 사라질 때까지 듣는다.

보쓰　　끄으응!

보쓰, 시무룩한 얼굴로 터벅터벅 정원을 걷는다.
시소 끝에 우두커니 앉아 엄지손가락을 쪽쪽 빤다.

해일　　보쓰는 혼자 있을 때가 많아.
　　　　집이 좋으면 뭐 해?
　　　　마당이 넓으면 뭐 해?

바닐라, 고개를 끄덕인다.

해일　　바닐라는 낮에는 집 앞 공터에서 나를 기다려.
　　　　밤에는 내 방에서 같이 자.

바닐라, 해일의 가슴에 얼굴을 비빈다.

해일　　맨날 아빠한테 구박받고

              싸구려 사료밖에 못 먹지만.
바닐라   샤방샤방.
해일   우리는 약속을 지켜.

해일, 바닐라에게 목줄을 채운다.

해일   학교 갔다 올게.
          미안. 불편해도 참아야 돼.

해일과 바닐라, 잠시 마주 본다.

해일   오래 기다렸지?
          이제 들어가도 돼.

해일, 목줄을 풀어 준다.

해일   우리는

바닐라, 새끼손가락을 내민다.
해일, 새끼손가락을 건다.

해일   약속을 지켜.
상근   집에서는 안 된다니까!

상근, 대빗자루로 정원을 쓸며 들어온다.

해일   같이 살면 안 돼?
상근   안 돼! 얼른!

해일과 바닐라, 구석으로 간다.
상근, 인상을 찌푸리며 시계를 본다.
빗자루를 놓고 보쓰에게 다가간다.
보쓰, 몸을 웅크린다.
상근, 보쓰에게 목줄을 채우려고 한다.
보쓰, 머리를 흔들며 피한다.

상근   가만 있어 봐.

상근, 목줄을 억지로 채우려다 인상을 쓰며 허리를 만진다.

해일   아빠는 디스크 환자야.
          허리가 아플 때가 많아.

상근, 한숨을 쉰다.

해일   아줌마들처럼 그만두고 싶을 때가 많지만 아빠는 겁이 나는 거야.

아프니까.

상근 산책 나가야지? 응?

왜 그래?

착하다.

보쓰, 끙끙거리며 피한다.

상근　　가만 있어 봐.

보쓰, 상근을 밀친다.
상근, 인상을 쓰며 허리를 움켜쥔다.

상근　　개새끼!

상근, 목줄로 보쓰를 때린다.

상근　　이 개새끼야!
보쓰　　깨갱!

보쓰, 트램펄린 밑에 숨어 몸을 웅크린다.
상근, 엉거주춤 서서 허리를 만진다.
탁자 위에 엎드려 눕는다.

해일　　아빠가 아픈 날이 내가 이 집에 오는 날이야.
　　　　 보쓰야!

보쓰, 해일에게 천천히 다가온다.
해일, 사료 그릇을 보쓰 앞에 놓는다.
보쓰, 먹는다.
해일, 보쓰의 머리를 쓰다듬는다.

해일　　밥 다 먹고 우리 산책 갈까?

보쓰, 해일을 보며 사료를 씹는다.
해일, 웅크리고 앉아 있는 상근의 뒷모습을 본다.

해일　　참 이상해.
　　　　 미워 죽겠는데 뒷모습을 보면 불쌍해.
　　　　 그런 이상한 느낌이 들 때
　　　　 나는 그림을 그리고 싶어.

해일, 손가락을 들어 허공에 그림을 그린다.
핸드폰 벨이 울린다.
탁자 앞에 앉아 있던 상근, 번호를 보고 벌떡 일어난다.

상근   네, 회장님. 알겠습니다.

상근, 급히 나간다.

해일, 상근의 뒷모습을 물끄러미 본다.

선영   너, 그림 되게 잘 그리는 구나?

선영, 해일의 그림을 보며 등장한다.

해일   이선영 선생님.
        102호에 사셔.
        작년에 이사 오셨어.
선영   근데 수도 요금을 왜 네가 걷으러 다녀?
해일   네? 그냥…… 요금이 통째로 나와서요…….
        그냥, 제가 다 계산해서 걷어요.
선영   그래? 왜?
해일   네? 그냥…… 뭐…….
201호 (영상) 여기 고지서. 이번 달은 너네 집이 계산할 차례야.
202호 (영상) 그냥 학생이 좀 계속하면 안 될까?
101호 (영상) 아니, 뭔 수도 요금이 이렇게 많이 나와?
        고지서 가져와 봐.
B1호   (영상) 귀찮게 정말. 아, 다음번에 같이 준다니까.
해일   수도 요금 걷으러 다닌 지 어언 2년.

선영 정말? 귀찮지 않아?
해일 그렇게 물어봐 준 어른은 처음이었어.
선영 기특해라. 이렇게 그림까지 그려서. 세상에.

선영, 해일의 머리를 쓰다듬는다.
영수, 별이의 손을 잡고 등장한다.

영수 빌라 전체에 여섯 가구가 사는데,
선영 계량기가 하나밖에 없어서 그래.
영수 그럼 집집마다 따로 달면 되겠네.
선영 주민 센터에서는 뭐래?
영수 구청으로 연락하세요.
선영 구청에서는?
영수 시청으로 연락하세요.
선영 시청에서는?
영수 수도 본부로 연락하세요.
선영 거기서는?
영수 소유자만 신청 가능.
선영 임차인은 신청 불가?
영수 주인들은 뭐래?
선영 하나같이 나 몰라라.
영수 주인이라는 사람들이 말이야.
선영 주인 의식이 없어.

영수   세입자들이 이런 것까지 해야 돼?
해일   그냥, 제가 계속해도 돼요.
선영   아니야!
영수   그래, 이렇게 정리를 하자.
선영   앞으로는 내가 계산을 맡을게.
영수   그동안 나는 민원을 계속 넣을게.
선영   해일이는 예쁜 그림을 계속 붙여 줄래?
해일   몸이 부들부들 떨렸어.
         장난 아니다. 완전 내 스타일.
         멋진 어른? 좋은 이웃? 아니, 그 말로는 부족해.
         책에서만 보던 네 글자가 선명하게 떠올랐어.
         그래. 민주 시민!
선영   근데 너 그림 어디서 배웠어?
해일   네? 배운 적 없는데…….
선영   잠깐 놀다 갈래?
해일   네? ……그래도 돼요?
선영   들어와.
해일   와! 저 그림들은 뭐예요?

선영과 해일, 탁자 앞에 앉는다.

해일, 스케치북을 편다.

선영   다 좋은데, 딱 하나, 입을 너무 작게 그렸어.

해일, 어깨를 움츠리며 힘을 준다.

슬그머니 입을 막고 숨을 참는다.

선영　　입을 그릴 때는 입꼬리를 눈동자랑 나란하게 맞추면 돼.
해일　　씨씨발!

해일, 입을 틀어막는다.

선영, 해일을 응시한다.

선영　　괜찮아! 진작 말하지.

　　　　사람들도 속으로는 다 욕하고 살아.

　　　　참고 있는 거야.

　　　　너는 못 참을 때가 있는 거고.

　　　　그렇게 생각해 나는.

　　　　분명히 좋아질 거야.

　　　　세상에는 두 종류의 사람이 있어.

　　　　사람이 변한다고 믿는 사람.

　　　　절대 변하지 않는다고 믿는 사람.

　　　　나는 변한다고 믿는 사람이야.

　　　　그렇게 살아왔고 앞으로도 그렇게 살 거야.

　　　　씨발.

선영, 해일에게 티슈를 건넨다.

선영   나, 눈물 많은 여자, 별로야.

해일, 쭝긋 웃으며 볼을 닦는다.

해일   그렇게 나는 선생님의 제자가 됐어.
             일주일에 두 번 선생님 집에서 과외를 받아.
선영   그림에 개성이 있어.
해일   네? 웹툰 작가요?
선영   너 애니고 알아?
해일   참 신기해.
선영   꿈을 한번 가져 봐.
해일   그림을 그릴 땐 틱을 잘 안 해.

영수, 별이, 바닐라, 수경을 쓰고 등장한다.

영수   여기는 푸른 바다 깊은 곳.
선영   뽀글뽀글 뽀글뽀글
별이   뽀글뽀글 뽀글뽀글

해일, 정면을 본다.

해일 자, 출발!

바닐라 고고씽!

해일 또또를 찾아 헤매던 핀핀과

바닐라 바닐라는

해일 드디어 마법의 협곡에 도착해.

바닐라 빠초라초빠!

해일 앗! 마남대왕의 마법사들!

바닐라 블랙 스타!

해일 안 돼! 바닐라!

별이 멍멍이!

바닐라 아스,아스! 꽁,꽁,꽁,꽁!

별이 멍멍이. 꽁꽁꽁.

해일 독침을 맞은 바닐라는 아이스 홀에 갇히고 상처를 입은 핀핀은 산호섬으로 추락해.

별이 호하호하!

별이, 해일에게 달려간다.

별이 누아!

해일, 별이를 품에 안는다.

별이 헤헤. 누아.

선영 말썽꾸러기 뿍이 덕분에

별이 뿌기뿌기!

영수 핀핀을 발견하는 거북이 가족.

해일 이제 어떡해?

영수 괜찮아.

선영 그래, 포기하지 마.

해일 바닐라를 녹이려면 빨리 입김사탕을 먹여야 돼.

　　　바닐라를 구해서 다시 또또를 찾아야 해!

영수 너는 할 수 있어!

선영 근데 입김사탕? 그건 뭐야?

영수 김으로 만든 사탕이야?

해일, 영수와 선영을 물끄러미 본다.

해일 사람들 입김으로 만든 사탕이에요.

　　　저주를 풀지 못하고 인간이 돼 버린 돌고래는

　　　쓰레기 농장에 버려져요.

　　　거름으로 사라지기 바로 직전에 뱉는 마지막 입김.

　　　그 입김들이 수면을 떠돌다가 햇빛구름을 만들어요.

　　　그 구름이 따뜻바람을 만나면 입김사탕을 낳아요.

영수와 선영, 해일을 물끄러미 본다.

영수   ······그래?

선영   좀 어려운데?

영수   설정이 좀 복잡하다.

해일   ······이상해요?

선영   아냐, 아냐, 재밌어.

영수   그럼! 크, 어비스 러브! 제목이 좋아.

　　　　 근데 왜 바다야? 왜 하필 바닷속 이야기야?

해일   뭐······ 그냥······.

영수   너 바닷속에 들어가 본 적 있어?

해일, 고개를 젓는다.

영수와 선영, 서로를 보며 미소.

해일   정말요?

영수   그럼! 장난 아니야.

선영   완전히 다른 세상이야.

영수   신비로워.

선영   역동적이면서도

영수   포근하지.

선영   뭐랄까? 엄마 뱃속에 있는 그런 느낌?

영수   말이 필요 없지.

해일, 눈이 커진다. 침을 삼킨다.

해일   멋있다.
선영   다 옛날이야기야.
영수   언제 한번 가야 되는데.
선영   또또는 언제 나와?
         어떻게 생겼는지 보고 싶은데.
         언제 그럴 거야?
영수   그래, 블루 보이.
         근데 이름을 왜 또또라고 지었어?

해일 엄마 은지, 등장하며

은지   또또?
해일   응! 왜 또또라고 불렀어?

은지, 임산부처럼 배를 만진다.

은지   시도 때도 없이 얼마나 발을 차 대는지.
         왜 그러니 또? 또 그런다, 또.
해일   진짜?
은지   얘가 태권도 선수가 되려나?
         아야! 또, 또.

은지와 해일, 웃는다.

해일   그냥 이름도 그대로 짓지.

　　　 또또. 해일이보다 훨씬 예쁘다.

은지   왜? 아직도 애들이 이름 가지고 놀려?

해일   별명이 뭔지 알아?

은지   뭔데?

　　　 박해일?

해일   그건 옛날에.

　　　 지금은 쓰나미.

은지   쓰나미? 왜?

해일   씨발!

은지   하여튼 나쁜 새끼들.

　　　 그런 거 신경 쓰지 마.

해일   왜 해일이라고 지었어?

은지   너 나오기 며칠 전이야. 꿈을 꿨어.

　　　 시골집 마당으로 돌고래 한 마리가

　　　 팔딱팔딱 들어오는 거야.

해일   돌고래?

은지   응. 그것도 파란색 돌고래.

해일   파란색?

은지   한 번도 본 적이 없는 파란색인데

　　　 얼마나 빛나고, 얼마나 윤이 나던지.

근데 물이 없으니까 이 돌고래가
헐떡헐떡 너무 힘들어하는 거야.
해일   어떡해?
은지   그때 저기서, 저 멀리서!
바다가!
어마어마한 해일이!
막 그냥 밀려오는데!

은지, 그날의 해일을 떠올리며 숨을 고른다.

해일   엄마는 고3 때 나를 낳았어.
그러니까 고2 때 아빠를 만났어.
2002년 여름이었대.
엄마는 열여덟, 아빠는 서른.
은지   미쳤지, 내가.
해일   평택에서 광화문까지 축구를 보러 갔대.
은지   분위기가 그랬어. 그때는.
해일   정장 차림에 터프한 얼굴.
은지   김남일이랑 좀 비슷했어.
해일   깔끔한 매너에 새하얀 벤츠.
은지   지 껀지 알았지.
오토바이 가지고 장난치는 애들만 보다가
어떻게 안 넘어가?

그렇게 보지 마.

분위기가 그랬어. 그때는.

해일, 한동안 은지의 얼굴을 응시한다.

해일   안 무서웠어?

        고마워.

        낳아 줘서.

은지, 해일을 물끄러미 본다. 한숨을 쉰다.

은지   해일아.
해일   …….
은지   하해일.
해일   네.
은지   언제 왔어?
해일   ……방금요.
은지   ……또 왜 왔어?
해일   ……밥만 먹고 갈게요.
은지   이제 오면 안 된다고 했잖아.
해일   ……알았어요.
은지   잠깐만 있어. 지금 좀 바빠.

        4번에 비빔 하나, 불백 둘!

은지, 돌아선다.

해일   들켰다. 몰래 먹고 가려고 했는데.
엄마가 만든 김치볶음밥이 너무 먹고 싶은 날이 있어.
여기까지 오려면 지하철만 한 시간이야.
그래도 참을 수가 없단 말이야.
엄마는 식당 주인아저씨랑 같이 살아.
내가 오는 거 싫어하는 거 알아.
아저씨 나갈 때까지 기다렸단 말이야.
며칠 전부터 김치볶음밥이 너무 먹고 싶었단 말이야.
왜 전화 안 했어?
한 달에 한 번은 만난다고 했잖아.
두 달, 세 달, 얼마나 기다렸는데.
나 안 보고 싶었어?
나 때문이야?
나 때문이지?
내가 아빠한테 다 말했다고 그러는 거지?
씨씨발! 나는 그냥 김치볶음밥 씨발!
나 엄마한테 할 말 있는데.
엄마.
엄마!
우리 바다는 언제 가?

해일, 객석을 향해 다가온다.

해일　　또또!
　　　　어떻게 하면 너를 찾을 수 있니?
　　　　왜 나를 찾아오지 않는 거야?
　　　　어떻게 하면 너를 그릴 수 있니?
　　　　너는 어디에 있는 거야?
　　　　잘 살고 있니?

해일, 양손을 들어 손가락을 펼친다.

해일　　너를 찾아야만 해.
　　　　우리는 서로의 손바닥을 맞대야 돼.
　　　　서로의 손가락 끝을 맞대야만 해.
　　　　그래야 저주에서 풀려날 수 있어.

영수와 선영, 놀란 얼굴로 해일을 본다.

선영　　괜찮아?

해일, 목을 꺾는다.

해일　　씨팔!

별이, 목을 꺾으며 해일의 표정을 따라 한다.

별이　　씨팔!

별이, 영수와 선영을 보며 혀를 내민다.
해일, 놀란 눈으로 셋을 번갈아 본다.
얼굴을 감싸며 주저앉는다.

5. 장강의 수필

장강　　지난봄 창경궁에 가려고 하다가 못 가고 말았다.
　　　　　나는 창경궁에 가 보고 싶었다.
　　　　　창경궁에 어느 사월 가 본 적이 있었다.

정원을 거닐며 원고를 읽던 장강,
탁자 앞으로 가 원고를 고친다.
다시 읽는다.

장강　　지난 사월 모처럼 창경궁에 가려고 하다가
　　　　　못 가고 말았다.
　　　　　오랜만에 가 보고 싶었다.
　　　　　어느 해 사월 그곳에 가 본 적이 있었다.

장강, 흡족한 표정으로 계속 읽는다.

장강   수십 년 전 내가 스물셋이던 봄,
         나는 처음 그녀를 만났다.

현지, 책을 보며 천천히 정원으로 들어온다.
장강, 현지를 따라 거닐며 책을 읽는다.

현지   눈이 예쁘고 웃는 얼굴을 하는 아사꼬는
장강   처음부터 나를 오빠같이 따랐다.
현지   아사꼬는 어느 토요일 오후
장강   나와 같이 저희 학교까지 산보를 갔었다.
현지   아사꼬는 자기 신발장을 열고
장강   교실에서 신는 하얀 운동화를 보여 주었다.
         내가 동경을 떠나던 날 아침
현지   아사꼬는
장강   내 목을
현지   안고
장강   내 뺨에
현지   입을 맞추고
장강   제가 쓰던
현지   작은 손수건과

장강 제가 끼던

현지 작은 반지를 이별의 선물로 주었다.

장강 옆에서 보고 있던 선생 부인은 웃으면서

현지 한 십 년 지나면 좋은 상대가 될 거예요.

장강 나는 얼굴이 더워지는 것을 느꼈다.

나는

현지 아사꼬에게

장강 안데르센 동화책을 주었다.

장강, 현지를 보며 수줍게 웃는다.

현지, 탁자 앞에 앉는다.

장강, 맞은편에 앉는다.

현지 어떠셨어요?

장강 좋았어요.

현지 그렇죠?

장강 뭐랄까, 순수하고 담백해요.

현지 바로 그 점이 피천득 수필의 매력이에요.

장강 시시하고 심심한 글인 줄만 알았는데

다시 읽어 보니까 아주 깊어요.

짧지만 그래서 오히려 여운이 길어요.

현지 맞아요. 좋은 수필의 조건이죠.

글은 짧게, 여운은 길게.

현지, 일어난다.

현지 자, 그럼 과제를 드릴게요.
장강 네? 첫사랑 이야기요?
현지 인연을 보면서 비슷하게 써 보는 거예요.
　　　　분량, 흐름, 전체적인 구성을 그대로 따라해 보세요.
　　　　어떤 문장은 그대로 흉내 내셔도 되고요.
장강 첫사랑?

장강, 일어서서 첫사랑을 추억한다.

현지 안녕. 나는 연주라고 해.
장강 이대 불문과 3학년인 연주는
　　　　친구와 함께 놀러 왔다고 했다.
현지 축제 때 우리 학교 올래? 알지? 쌍쌍파티.
장강 나는 얼굴이 뜨거워지는 것을 느꼈다.
현지 어? 비 온다. 어떡하지?
장강 캠퍼스를 두루 거닐다가 돌아올 무렵이었다.
현지 처음부터 너무 욕심내시면 나중에 힘들어져요.
장강 우리는 우산이 없었다. 빈 강의실을 찾아 들어갔다.
현지 조급해 마시고 한 문장 한 문장 천천히.
장강 우리는 말없이 창밖의 빗물을 바라봤다.

추워?
현지   조금.
장강   나는 옷을 벗어 연주의 어깨를 감싸 주었다.
현지   너, 노래 잘해?
장강   응?

현지, 장강을 물끄러미 본다.

현지   괜찮으시겠어요?
장강   네?
현지   잘 하실 거예요.
장강   그럼요.
현지   초반에 중심 질문을 던지는 게 중요해요.
장강   중심 질문?
현지   독자를 궁금하게 만드는 메인 플롯.

현지, 책을 들어 보인다.

현지   청년과 아사꼬는 앞으로 어떻게 될 것인가?
회장님과 첫사랑은?
장강   앞으로 어떻게 될 것인가?
현지   맞아요.
오늘은 여기까지 할게요.

장강   고마워요.

현지   죄송한데 다음 수업은 좀 미뤄야 할 것 같아요.
          준비하는 책이 있는데 출장 일정이 좀 당겨졌네요.

장강   아. 어디로 가세요?

현지   LA로 가요. 일주일 정도.

장강   여행집을 준비하나 봐요?

현지   뭐, 비슷한데요.
          로맨스 영화의 무대가 됐던 도시들을
          묶어서 내려고 해요.

장강   아! 멋있네요.
          보자, LA이면…… 사랑은 비를 타고!

현지   네?

장강   싱잉 인 더 레인.

현지   아! 호호호.
          LA는 라라랜드죠.
          호호호.

현지, 인사하고 나간다.

장강, 휑한 정원을 돌아보며 손톱을 물어뜯는다.

탁자에 앉아 위스키를 한 모금 마신다.

만년필을 들고 글을 쓴다.

장강   캠퍼스를 두루 거닐다가 돌아올 무렵이었다.

비가 내리기 시작했다.
우리는 우산이 없었다.
……나는 우산이 없었다.
빈 강의실 안에서 연주의 웃음소리가 들려왔다.
오솔레미오. 남자의 노랫소리가 들려왔다.
연주의 약혼자였다.
께벨라 꼬자 나유르 나타유 솔레
나리아 세레나돕 포나뎀 페스타
펠라리아 프레스카 파레쟈나 페스타
께벨라 꼬자 나유르 나따유 솔레

장강, 나직하게 노래를 읊조린다.
보쓰, 건물에서 나와 천천히 장강 옆으로 온다.

장강   왜 하필 인연을 읽으라고 했을까?
왜 하필 첫사랑 이야기를 쓰라고 했을까?
나한테 관심 있어? 너도 관심 있지?
이혼했다며? 너도 외롭지?
나이가 좀 많으면 어때?
능력 있잖아? 돈 있잖아? 나, 아직은 쓸 만해.
그래. 다 떠나서 나 너 좋아해.
첫사랑인 거 같다.
태어나서 이런 느낌은 처음이야.

장강과 현지는 앞으로 어떻게 될까?
내가 정말 알고 싶은 중심 질문은 바로 그거야.
나는 너랑 어떻게 될 것인가?
이제 그 메인 플롯, 화끈하게 시작할 거야.

[막]에 라라랜드의 주요 장면이 주제곡과 함께 펼쳐진다.
장강과 보쓰, 입을 벌리고 본다.
현지의 목소리가 들려온다.

현지 호호호. 해질녘 허모사 비치의 아름다운 석양.
라이트 하우스에서 듣는 재즈의 선율.
엔젤스 플라이트의 스릴 만점 케이블카.
그랜드 센트럴 마켓에서 마시는 아이스 라떼.
밤하늘 그리피스 천문대의 별자리! 호호호.
장강 갈 거야.
보쓰 어디를?
장강 LA.
보쓰 가지 마.
장강 갈 거야.
보쓰 하지 마.
장강 할 거야.

장강, 품속에서 반지를 꺼낸다.

일어나 오페라 가수처럼 오솔레미오를 부른다.

장강 마나뚜 솔레! 끼유벨로이네!
오솔레미오 스탄프론 떼아떼
오솔레! 오솔레미오!
스탄프론 떼아떼! 스탄프론 떼아떼!
보쓰 멍멍!

6. 선영의 편지

선영, 탁자 앞에 앉아 편지를 쓴다.

선영　　엄마는 대학생이 되면서 자취를 시작했어.
　　　　　300에 15. 작디작은 월세방이었어.
　　　　　바퀴벌레, 곱등이, 온갖 벌레에 얼룩이 찌든 벽지.
　　　　　컴컴한 지하였지만 곰팡이 자국 위에
　　　　　별을 그리면서 꿈을 꿨단다.
　　　　　물감만 있다면 세상 무엇이든
　　　　　환하게 밝힐 수 있다고 믿었어.
　　　　　커피믹스 대신에 모처럼 드립으로 내려 마실 때.
　　　　　집에 돌아왔는데 아침 커피 향이 아직 남아 있을 때.
　　　　　비 오는 날 골목길에 떨어지던 빗소리.

눈 오는 날 창문을 열고 피우던 담배 한 모금.
밤새워 그림 그린 날 출근길 사람들 발자국 소리.
야윈 새끼 고양이한테 참치캔 사다 떠먹였을 때.
그 고양이 커서 나를 알아보는 것 같았을 때
엄마는 정말 행복했었어.

영수, 눈을 비비며 나온다.

영수　　언제 왔어?
　　　　　깜빡 잠들어 버렸네.
　　　　　뭐 해?
선영　　별이 생일 편지.
영수　　뭐야? 왜 이렇게 길어?
선영　　그러게. 쓰다 보니까.
영수　　또 내가 읽어?
선영　　당연하지.
영수　　아!
선영　　왜?
영수　　닭살.

선영, 영수를 흘긴다.

영수　　아니야.

맞다, 건강 보험. 아까 전화 왔었어.
선영 맞다.
완전히 까먹고 있었네.
영수 이번 달도 안 내면 뭐가 제한된다고 그러던데.
먼저 보험료부터 조정해야 된다고 얘기를 하긴 했는데
뭐라고 뭐라고 하는데 알아들을 수가 있어야지.
선영 짜증.
영수 해촉 증명서?
선영 응.
영수 상장으로는 증명이 안 되는 거야?
선영 내 말이.
영수 어디다 알아봐야 되는 거야? 신문사?
선영 그러면 속 편한데, 상금은 해미재단에서 준 거니까.
영수 연락해 보면 되겠네.

선영, 한숨을 쉬며 혀를 찬다.

영수 왜?
선영 강병석이랑 엮이기 싫어서.
영수 강 교수?
선영 거기 이사잖아.
영수 그 사람은 안 끼는 데가 없냐?
선영 여기저기 떠벌리고 다닐 텐데.

(흉내) 이선영이가 보험료 때문에 전화를 했더라고.

사는 게 좀 어렵나 봐.

짜증 나.

영수 그냥 낼까, 우리?

선영 뭐? 보험료?

영수 응. 얼마나 된다고.

선영 미쳤어? 한 달에 3만 원이면.

영수 그럼, 까짓것 그냥 빨리 처리해.

내가 연락해 줄까?

선영 됐어.

영수, 편지를 본다.

영수 별이가 엄마에게 준 선물은 너무나 많지만

가장 큰 선물은 좋은 일을 더 많이 생각하게 만든 거야.

슬프고, 어렵고, 무겁고, 가난한 일들을 기억하는 것,

그런 아픈 일들을 떠올리는 것만으로

별이를 다치게 할 것 같았거든.

선영 오늘은 좋아하는 산책길을 정말 오랜만에 걷는 날이야.

평일 오후. 종묘 돌담길 옆으로

운니동 골목을 걸어서

안국동 언덕길을 오르면 정독도서관이 나와.

읽은 책을 반납하고, 새 책을 빌려서

별궁식당에서 된장찌개에 늦은 점심을 먹고
인사동을 지나 교보문고로 가.
핫트랙에 들러서 새로 나온 화구를 구경해.
해질 무렵, 시네큐브에서
시간 맞는 아무 영화나 보는 거.
엄마가 가장 좋아하던 하루였어.
아빠랑 별이가 기다리고 있어서
오늘은 여기 도서관에서
산책을 멈춰야 하지만 그래도 참 행복한 날이야.
네 키가 엄마만큼 자라면 이 길을 꼭 같이 걷고 싶단다.
이 말이 종일 머릿속에서 맴돌았어.
이 말을 꼭 편지로 쓰고 싶었어.

영수　　멋있는데?

영수, 조용히 박수를 친다.

영수　　깨울까?
선영　　잠깐만.

선영, 영수를 물끄러미 본다.

영수　　왜?

선영, 영수의 손을 잡는다.

해일, 선물 상자를 들고 들어온다.

영수　　그래서? 받았어?

선영, 고개를 끄덕인다.

영수　　안 돼!
　　　　　다 끝난 이야기잖아?
　　　　　나만 나쁜 사람 만들지 마.
선영　　한 번만 더 생각해 보자.
　　　　　착한 애라는 거 알잖아?
영수　　누가 나쁜 애래?
　　　　　별이한테 좋을 게 없어.
　　　　　이번에는 내 말 들어.

해일, 선물 상자를 앞으로 내민다.

선영, 영수에게 종이비행기를 내민다.

선영　　펼쳐 봐.

영수, 종이비행기를 펼쳐 해일의 편지를 본다.

해일   별이는 월요일에 태어나서 달을 좋아하나 봐.

         그래서 비행기를 좋아하나 봐.

         파란 하늘 높이 날고 싶어서.

영수   별이가 월요일에 태어났었나?

선영   아빠보다 낫네.

해일, 선물 상자를 놓고 인사한다.

영수   뭐야 이건?

선영, 상자에서 물건을 꺼낸다.

영수   뭐야? 드론?

해일   괜찮아요. 제일 싼 거예요.

         미니 드론. 실내용이에요.

선영   용돈 모았겠지.

영수   받지 말지.

선영   어떻게 안 받아.

영수, 한숨을 쉰다.

해일, 터벅터벅 미끄럼틀 위로 올라가 우두커니 앉는다.

바닐라, 해일을 따라와 옆에 앉는다.

선영 평생 약자라고만 생각하고 살았어.
내가 누군가를 판단하고 평가하고
거르고 피할 수도 있구나.
그런 위치가 될 수 있다는 생각을 한 번도 못 해 본 거야.
약자로 살아서 어렵다고만 생각했어.
나를 내려다보던 무시무시하고 막막한 벽.
그것만 봤어.
내가 서 있는 자리가 누군가에게는
그런 벽이 될 수 있다는 거, 몰랐어.
깜짝 놀랐어.
너무 하는 거 아니야? 니들만 잘 먹고 잘살려고?
왜 그렇게 안 해? 왜 안 지켜?
올려다보면서 외치는 것보다 훨씬 어려운 거구나.
나는 더 안 할 수 있을까?
나는 잘 나눌 수 있을까?
나는 지킬 수 있을까?
내가 더 가지게 됐을 때
나는 더 가지려고 욕심내지 않을 수 있을까?
내가 저 벽 위에 섰을 때
나는 벽 아래의 나를 이해할 수 있을까?
내가 지금보다 더 잘살고 있을 때
나는 지금의 나를 기억할 수 있을까?
그리고 지금.

나는 옛날의 나를, 내가 있던 자리를,
전고 있는 건 아닐까?

영수　어렵다.

선영　나중에 별이 위장 전입시키지 않을 자신 있어?
교육 개혁 외치는 것보다 어려운 일일지 몰라.

선영, 영수를 흘긴다.

영수　왜?

선영　한 번만 더 생각해 보자.

영수, 선영을 보다 피식 웃는다.

영수　말렸다.

선영　고마워.
이제 별이 깨워.

영수, 별이를 깨우러 간다.
선영, 미끄럼틀 위의 해일을 본다.
해일, 선영의 편지를 펼친다.

선영　오늘도 도서관에 다녀왔어.
선생님은 무슨 문제가 생기면 도서관에 가.

그림 그리는 일이 너무 싫어졌을 때도 그랬고
아빠가 쓰러지셨을 때도 그랬고
별이를 가졌을 때도 그랬어.
이번에도 도서관에 갔어.
책을 읽었어. 열심히 공부했어.
해일이랑 별이랑 친하게 지내도 괜찮을지.
사람들 말대로 떨어져 지내는 게 좋을까?
어떻게 하는 게 더 좋은 일일까?
많이 찾아서, 많이 읽고, 많이 생각했어.
선생님은 자신감이 생겼어.
욕에 대해서, 틱에 대해서 별이에게
어떻게 설명해야 하는지,
그리고 아픔을 흉내 내는 일에 대해서
어떻게 이야기해야 하는지,
나는 자신 있어.
걱정하지 않아도 돼.
조금만 더 노력하고 조금만 더 배려하면 돼.
쉽지 않겠지만 우리는 충분히 이겨 낼 수 있어.
우리는 생각보다 지혜로워.
우리는 함께 잘 지낼 수 있어.
또 울어?

해일 죄송해요. 기뻐서요.
선영 자, 이제 파티하자!

선영, 폭죽을 터트린다.

해일과 바닐라, 미끄럼틀을 타고 내려온다.

영수, 노래를 부르며 케이크를 들고 나온다.

별이, 눈을 비비며 웃는다.

영수　　생일 축하합니다.

선영　　생일 축하합니다.

모두　　사랑하는 우리 별이!

　　　　　생일 축하합니다!

별이, 불을 끈다.

촛불 네 개, 꺼진다.

Ⅲ. 떠나지 마!

7. 미안해 바닐라

영수, 드론을 들고 난처한 표정으로 별이를 달랜다.

영수 공원에서도 안 된다잖아?
 밖에서 날리면 안 된다는데 어떡해?
별이 싫어!
영수 집에서 날리고 놀자? 응?
별이 집 싫어. 집 작아.
영수 자꾸 고집부리면 아빠 화내요.
별이 아빠 미워!
해일 그때 그 집의 넓은 마당이 생각났어.
 별이가 얼마나 좋아할까?
 아저씨, 그 집에 가 보실래요?

영수　　그래? 진짜 들어가도 되는 거야?

해일　　엄청 좋아요.

　　　　　엄청 넓어요.

영수　　정말? 괜찮아?

　　　　　아빠한테 허락은 받은 거야?

해일　　그럼요!

　　　　　아무도 없어요. 괜찮아요.

별이　　드롱이!

　　　　　비잉비잉!

해일　　드론도 실컷 날릴 수 있잖아요!

영수　　그래?

　　　　　그래!

　　　　　구경이나 한번 가지 뭐.

　　　　　대신 선생님한테는 비밀이야.

해일, 고개를 끄덕인다.

영수, 별이와 새끼를 걸고 엄지를 맞댄다.

영수　　쉿. 비밀. 도장.

별이　　쉿. 비밀. 도장!

영수　　자, 얼마나 좋은지 한번 보자!

영수와 별이, 정원을 둘러본다.

별이 우와!
영수 와. 좋다.

별이, 웃으며 트램펄린을 향해 달려간다.
해일, 별이, 바닐라, 트램펄린 위에서 뛰어논다.
경쾌한 점프와 텀블링.
해일과 별이의 웃음소리.
흐뭇한 표정의 영수, 기타를 치며 노래를 부른다.

영수 이런 집에 살았으면 좋겠네
이런 집이 우리 집이면 좋겠어
높은 담장 너머 살짝 보였네
푸른 잔디밭과 미끄럼틀
저런 집엔 대체 누가 사는 거야
좁은 문틈 사이 살짝 들렸네
텀블링하는 아이들의 웃음소리

핸드폰 벨이 울린다.

해일 그때 핸드폰 벨소리가 들렸어.

영수, 받는다.

영수 여보세요.

응? 아직 밖이야.

그럼.

그래?

그거 정말 사람 힘들게 하네.

증명서 양식?

서랍장?

알았어.

영수, 별이를 본다.

영수 별이야!
해일 아저씨는 별이를 불렀지만
영수 이제 가야 돼.
별이 싫어.
해일 별이는 가기 싫다고 했어.
별이 드롱이!

비잉비잉!
해일 제가 데리고 있을게요.
영수 괜찮겠어?
해일 괜찮아요.
영수 그럴래?

그림, 잠깐만 기다리고 있어.

별이, 잘 놀고 있어.

별이   누아, 좋아.

영수   얼른 갔다 올게.

해일   네. 다녀오세요.

별이   아빠, 안녕.

영수, 별이의 볼을 살짝 꼬집고 서둘러 나간다.

별이   누아, 드롱이!

별이, 드론을 들고 와 해일에게 내민다.

해일   좋아. 한번 날려 볼까?

해일, 드론을 바닥에 놓고 조종기를 켠다.

별이와 바닐라, 눈을 크게 뜨고 드론을 본다.

모터 소리가 커진다.

별이   비잉비잉!

드론, 뜬다.

별이, 박수를 치며 웃는다.

별이　　비잉비잉!
바닐라　　히히히힝!

드론, 높이 뜬다.
별이, 드론을 향해 하늘 높이 검지를 치켜올린다.
바닐라, 껑충껑충 점프를 하며 드론을 물려고 한다.
그때 보쓰, 마당으로 달려 나온다.

보쓰　　멍멍!

보쓰, 시위하듯 일행 주변을 돌며 달린다.

별이　　멍멍이.
해일　　괜찮아.
별이　　멍멍이.
보쓰　　멍멍!

보쓰, 드론을 향해 솟구쳐 오르며 물려고 한다.
보쓰와 바닐라, 경쟁적으로 점프를 한다.
별이, 드론을 가리키며 신나게 웃는다.
해일, 전진 버튼을 누른다.
드론, 앞으로 나아간다.

바닐라와 보쓰, 드론을 따라 달려간다.

별이, 웃으며 뒤따른다.

별이　　비잉비잉!

바닐라　　히히히힝!

보쓰　　으르러엉!

드론, 정원 상공을 한 바퀴 돈다.

정신없이 드론을 뒤쫓던 보쓰와 바닐라, 서로를 향해 으르렁거린다.

해일　　바닐라!

　　　　그만해, 바닐라.

드론, 구석을 향해 전진한다.

보쓰와 바닐라, 드론을 향해 달려간다.

별이, 뒤쫓는다.

해일　　어? 이상하다.

　　　　멈춤 버튼을 눌렀는데 멈추지 않았어.

　　　　분명히 버튼을 눌렀는데.

드론, 구석으로 사라진다.

보쓰, 바닐라, 별이, 드론과 함께 사라진다.

모터 소리, 점점 커져 굉음이 된다.

드론의 굉음과 함께

보쓰와 바닐라의 으르렁거리는 소리,

보쓰와 바닐라가 짖는 소리,

보쓰가 격하게 짖는 소리,

별이의 비명 소리가 뒤섞여 들려온다.

별이   엄마!

순간, 날이 확 어둑해진다.

해일   나는 천천히 걸어갔어.
            별이가 쓰러져 있었어.
            선생님한테 전화를 걸었어.
            통화 중이었어.
            아저씨한테 전화를 걸었어.
            통화 중이었어.
            아빠한테 전화를 걸었어.
상근   (소리) 뭐? 누구? 미쳤어!
해일   죄송해요.
상근   (소리) 거길 왜 들어가! 거길 왜 데리고 가!
해일   잘못했어요.
상근   (소리) 누가 물었다고?

해일   너무 무서워.

상근   (소리) 누가 물었다고? 응?

해일   …….

상근   (소리) 누가 물었어!

해일   바닐라!

상근   (소리) 그래, 바닐라.

비가 내린다.
바닐라, 무대 구석에 몸을 웅크리고 앉아 있다.
겁에 질려 기죽은 얼굴로 눈을 끔벅인다.
해일, 우산을 쓰고 힘없이 바닐라 곁으로 온다.
검정 비닐봉지를 들었다.
걷다가 멈춰 고개를 숙이고 한숨을 쉰다.
바닐라를 본다. 한숨을 뱉는다.
바닐라, 해일을 덥석 끌어안는다.

바닐라   월 월

해일   쉿!

해일, 바닐라를 쓰다듬는다.

바닐라   이잉.

해일   미안. 오래 기다렸지?

해일, 비닐봉지를 펼쳐 바닐라에게 사료를 먹인다.
바닐라, 해일의 눈치를 살피며 천천히 씹는다.

해일   많이 먹어.
         많이 먹어야 돼.

해일, 눈물을 닦는다.
수심 가득한 얼굴로 정면을 본다.

해일   뭐가 어떻게 됐는지 정말 모르겠어.
         세상 모든 공기가 정말로 물로 변해 버렸어.
         숨을 쉴 수가 없어.

바닐라, 사료를 씹다가 물끄러미 해일을 본다.

해일   많이 먹었어?

해일, 심호흡하며 한숨을 쉰다.

해일   알지?
         여기가 너를 처음 만난 곳이야.

바닐라, 해일의 손을 잡는다.

해일, 바닐라의 손을 뿌리친다.

바닐라   이이잉.

해일   별이가 죽었대.

            너도 죽는대.

바닐라, 해일의 눈을 응시한다.

해일, 바닐라의 눈길을 피하며 일어난다.

해일   왜 그랬어! 왜 그랬니? 응!

해일, 바닐라를 돌아본다.

다시 고개를 돌린다.

해일, 돌아서서 걷는다.

바닐라   월 월!

해일, 돌아보지 않는다.

해일   미안해, 바닐라.

8. 별이야 미안해

영수, 탁자 앞에 앉아 소주를 마신다.

한숨을 쉰다.

핸드폰을 들어 전화를 건다.

선영, 받지 않는다.

영수, 한숨을 쉰다.

멍하니 핸드폰을 본다.

그날의 통화를 떠올린다.

영수   여보세요.

오빠 어디야?

응? 아직 밖이야.

별이 밥은 먹였어?

그럼.

지금 건강 보험료 해결하고 있는데

얼른 집에 가서 팩스로 뭐 좀 보내 줘.

그래?

재단에 연락해서 해촉 증명서 보내 달라고 했는데

만들어 본 적이 없다고 힘들다잖아.

그거 정말 사람 힘들게 하네.

증명서 양식을 보내 줘야 될 것 같아.

증명서 양식?

전에 웹진에서 받은 해촉 증명서 보내면 될 것 같아.

아마 서랍장에 있을 거거든?

서랍장?

응. 옷장 옆에 있는 거 맨 밑에 칸.

알았어.

번호는 문자로 보낼게. 얼른 좀 부탁해.

영수, 소주를 마신다.

영수 그때 우리가 인사는 했었니?

전화 끊고 나서…….

그래, 아빠가 집에 가야 된다고 그랬을 거야.

별이는 더 놀고 싶다고 했고,

아빠가 얼른 다녀온다고 그랬지?

별이야, 얼른 갔다 올게.

그리고…… 맞아! 별이야, 잘 놀고 있어. 그래 맞아.

그때 별이가 아빠한테 무슨 말을 했었던 것 같은데

종일 그 생각만 했는데 그때 별이 얼굴이

도무지 떠오르지가 않아.

아빠, 어떡하지? 그게 별이랑 마지막인데.

이러다가 영영 기억 못 하면,

아빠 아무것도 못 할 것 같은데,

어떡하지?

영수, 일어나 초조하게 제자리를 서성이며 맴돈다.

영수　　서랍장에 없는데?
선영　　없어? 이상하다.

선영, 우두커니 들어와 천천히 제자리를 맴돈다.

영수　　없는데. 서류 같은 건 월세 계약서밖에 안 보이는데.
선영　　잘 찾아봤어?
영수　　없다니까!
선영　　아, 맞다! 내가 정신이 있는 거야, 없는 거야.
영수　　왜? 어디 있는데?
선영　　병신 같은 년.

메일함에 있다는 걸 왜 그때야 알았을까.

해촉 증명서를 메일로 받았다는 걸 왜 까먹고 있었을까.

영수   아니야. 너 때문이 아니야.

선영   아니야. 나 때문이야.

영수   어차피 팩스로 보냈어야 됐어.

선영   내가 뽑아서 보냈을지도 모르잖아.

영수   어떻게? 너도 밖에 있었잖아?

둘, 맴도는 속도가 점점 빨라진다.

선영   ……왜 혼자 됐어?

영수   미안해.

선영   왜 안 데리고 왔어?

영수   미안해.

선영   거길 왜 데리고 갔어?

영수   미안해.

선영   왜 나한테 말 안 했어?

영수   그만해.

선영   내가 어떻게든 말렸을 거 아니야!

영수   제발 그만 좀 해!

영수, 바닥에 주저앉는다.

선영, 제자리에 서서 멍하니 영수를 본다.

해촉증명서

신 청 인 : 이선영
주민등록번호 : 86080
주　　　소 : 서울 성북구 성북동
용역 기간 : 2018/07/01~2018/10/31
용역 내용 : ▇ 출판사 일러스트
격 : 프리랜서 계약직

선영   재단 사무실 그 개 같은 년.

　　　　해촉 증명서요? 그런 거 처음 들어보는데요.

　　　　그리고 왜 팩스로 보내래?

　　　　메일로 보내라고 했으면

　　　　메일에 있는 거 알았을지도 모르잖아.

　　　　그럼 그냥 메일로 보내 버렸으면 되잖아?

영수   의료 보험 이 개새끼들은

　　　　왜 상금을 점수로 매겨?

선영   상장으로 왜 증빙이 안 돼요?

　　　　입금 내역 보시면 아실 거 아녜요?

　　　　월급이 아니라 딱 한 번 받은 거잖아요?

영수   그냥 낼까, 우리?

선영   뭐? 보험료?

영수   응. 얼마나 된다고.

선영   미쳤어? 한 달에 3만 원이면.

영수   까짓것! 괜찮아!

　　　　그때, 그럴 걸.

선영   그래? 그럴까?

　　　　그래! 그냥 그럴 걸!

선영, 운다.

영수   그만 좀 울어!

영수, 탁자 앞에 앉는다.
천천히 소주를 마신다. 손바닥으로 눈물을 닦는다.
선영, 손수건을 꺼내 눈물을 닦는다. 시원하게 코를 푼다.
살짝 미소 지으며 입을 연다. 눈빛이 휑하다.

선영   별이 소원이 너무 일찍 이뤄졌어.
우주 비행사가 꿈이었잖아?
이제 아픈 데 없지? 괜찮지?
그냥 어린이집 보낼 걸.
아빠는 보내자고 하는 걸 엄마가 말렸어.
1년만 더 있다가 보내자고.
조금이라도 더 품고 있고 싶다고.
근데 엄마 거짓말이었어.
양육비 20만원, 그거 때문이었어.
제발 얼른 좀 전셋집으로라도 가고 싶었거든!
많이 아팠지?
처음에는 그냥 쇼크라고 했어.
그래서 일어나지 못하는 거라고.
합병증이 왔다고 했어. 급성패혈증.
하루, 이틀, 사흘, 나흘…….
어떻게 지나갔는지 몰라.

미안해. 엄마가 별이 마지막 인사도 못 갔어.

엄마도 일주일 동안이나 쓰러져 있었대.

가난이 집 안으로 들어오면 사랑이 창밖으로 도망가.[*]

엄마가 제일 무서워하는 말이었어.

그 말을 정말 이기고 싶었어.

미안해. 이기지 못했어.

엄마는 하루 종일 내내 별이 생각밖에 안 나.

미친 사람들이 왜 뛰어다니는 줄 알아?

머릿속에서 별이, 왜, 나는, 이 세 개가 계속 맴돌아.

맴도는 템포가 점점 빨라져.

별이, 왜, 나는, 별이, 왜, 나는, 별이, 왜, 나는,

별이, 왜, 나는,

별이, 왜, 나는,

그 속도로 뛰지 않으면 미칠 것 같아.

숨이 차서 뛸 수 없을 때까지 막 뛰어. 아, 숨차다.

어? 꽃이 피었어? 이렇게 예쁘게?

길가에 앉았는데 화단에 핀 꽃들이 보였어.

엄마가 다 뜯어 버렸어!

우리 별이도 없는데!

영수, 다가와 선영을 안는다.

---

[*] 박철 시인의 시 인용

영수　　　나 무서워.
　　　　　　누구 잘못이야? 누구를 원망해야 돼?
　　　　　　나를 원망하면 돼? 나를 미워하면 돼?
　　　　　　그러면 뭐? 뭐가 달라지는데?
　　　　　　어떻게 해야 돼?
　　　　　　어디서부터 무슨 생각부터 시작해야 돼?
　　　　　　다시 시작하려면 뭐부터 해야 돼?
　　　　　　하나도 모르겠어.

선영, 영수를 물끄러미 본다.

선영　　　도서관에 가 볼까?

선영, 히죽 웃는다.

영수　　　좀 쉬어야지. 너 좀 자야 돼.

선영, 영수를 노려본다.

선영　　　왜 혼자 됐어?
　　　　　　그 집에 왜 갔어?
　　　　　　잠이 와?

영수, 한숨을 쉬며 돌아선다.

선영　　　나, 죽이고 싶어. 그 개.

선영의 눈빛, 살기로 번뜩인다.
해일, 고개를 숙이고 들어온다.
선영 뒤에 무릎을 꿇는다.
영수, 해일을 노려본다.
선영, 해일을 보지 않는다.

선영　　　그 개 어디 있어?
　　　　　어디다 숨겨 뒀어?
　　　　　그 개 지금 어디 있어?
　　　　　그 개 데리고 와.
　　　　　꼴도 보기 싫어.
　　　　　아니. 너도 죽여 버리고 싶어.
　　　　　내가 너 좋아서 가르친 줄 알아?
　　　　　과외비 삼십. 그거 욕심나서 그랬어. 알아?
　　　　　원래 사람을 문 개는 죽이는 거야.
　　　　　그냥 문 것도 아니고
　　　　　우리 별이 물어 죽였어.
　　　　　그 개 어디 있어?
　　　　　나, 죽일 거야. 그 개.

9. 괜찮아 보쓰

현지, 장강의 원고를 읽으며 정원을 거닌다.
장강, 탁자 앞에 앉아 현지를 본다.

현지   혹시 사자나 호랑이 같은 맹수가 나를 공격한다고 해도
 보쓰는 내 생명을 보호하기 위해
 잠시도 망설이지 않고 싸우러 달려들 것이다.
 주인에게 충실한 불한당 개는
 황제를 보고서도 짖는다는 말이 있지 않은가?
 볼테르는 이렇게 말했다.
 사람을 알면 알수록 나는 내 개를 더 좋아하게 된다.
 죽은 장의사의 관을 지키던 개를 그린 그림을
 본 적이 있다.

> 사람들은 다 떠나고 없었지만
> 그 개는 죽은 주인 옆에 남아 있었다.*

장강, 살짝 눈물을 훔친다.
현지, 장강을 돌아보며 박수를 친다.

현지   좋은데요.
         너무 감동적이네요.
장강   그래요? 고마워요.
현지   개에 대한 애정. 그 이상의 교감이 잘 드러났어요.
         특히 제가 늘 강조하는 거.
장강   끝에서 세 번째 문장에 주제를 담아라.
현지   맞아요. 잘 쓰셨어요.
장강   그거 지키려고 혼났어요.
현지   보쓰는 좋겠네요.
         회장님 같은 분이 주인이라서.

장강, 현지를 뜨겁게 본다.
갑자기 벌떡 일어선다.

현지   어머!

---

* 볼테르의 말과 더불어 리우시앙, 미키 루크 등이 남긴 개에 대한 단상을 인용했다.

장강, 현지의 손을 잡는다.

반지를 꺼내 현지의 손가락에 끼운다.

현지, 당황하며 웃는다.

현지   어머. 회장님?

장강   내 진심이야.

현지   세상에!

        저를 여자로 보셨어요?

        <u>호호호호호.</u>

상근   죄송합니다!

상근, 들어와 탁자 앞에 죄인처럼 선다.

장강   그러니까 여길 왜 기어들어 와! 응!

        재수 없게 정말!

상근   죄송합니다.

장강   생각하면 생각할수록 괘씸해.

        여기가 동네 놀이터야?

        어디라고 함부로 들어와?

        어디서 개까지 데리고 들어와?

        한두 번이 아니었을 것 아니야. 응?

상근   아닙니다.

장강   아니긴 자식아. 척하면 삼천리지.

상근　　저도 몰랐습니다. 죄송합니다.
장강　　이 새끼가 정말.
　　　　　옷 벗어, 인마.
　　　　　더 이상은 안 돼.

상근, 무릎을 꿇는다.

상근　　보쓰 밥만 주고 오라고 시켰는데,
　　　　　이렇게 될 줄 정말 몰랐습니다.
　　　　　정말 죄송합니다.
장강　　도대체 왜들 그러고 사는 거야? 응?
　　　　　도무지 이해가 안 돼.
상근　　드릴 말씀이 없습니다.
장강　　그래서 어디를 문 거야?
상근　　허벅지를 물었답니다.
장강　　애는 괜찮아?
상근　　그게…….
장강　　왜?

상근, 긴 한숨을 쉰다.

장강　　왜 그래?
상근　　오늘 아침에 죽었답니다.

장강　　뭐?

해일　　아빠!

해일, 겁에 질린 얼굴로 등장한다.
핸드폰에 대고 상근에게 소리친다.
상근, 일어난다.

상근　　왜 그래? 무슨 일인데?

해일　　보쓰!

상근　　뭐?

해일　　보쓰가 물었어.

장강　　뭐?

해일　　보쓰가 별이를 물었어!

보쓰, 정원으로 달려 나온다.
정면을 향해 으르렁거린다.

상근　　뭐? 거길 왜 들어가!
　　　　　누구누구 있었어?

해일　　나랑 별이랑 바닐라.

상근　　별이 엄마는? 아빠는?

해일　　몰라. 계속 통화 중이야.

상근　　울지 말고 아빠 말 잘 들어.

해일	너무 무서워.
상근	아빠 지금 금방 가.
장강	뭐? 누가 물었다고?
상근	누가 물어보면!
장강	여길 왜 들어와!
상근	누가 물었다고?
보쓰	으르렁.
해일	…….
상근	누가 물었다고? 응?
해일	…….
보쓰	으르렁!
상근	누가 물었어!
해일	바닐라!
상근	그래, 바닐라.
해일	씨씨팔!
상근	해일아, 아빠 말 잘 들어.
	별이한테는 다 같은 멍멍이야.
	그 멍멍이가 바닐라여야, 아빠가 살아.
	그 개가 바닐라여야, 우리가 살아!
해일	씹팔!
상근	바닐라가 물었어.
해일	그래, 바닐라가 물었어.
상근	다 괜찮아!

해일	그래, 다 괜찮아!
상근	원래 유기견이잖아.
해일	그래, 유기견이야.
상근	유기견이 문 거야.
	주인도 없는 유기견이 문 거야.
	그 개가 별이를 물었어.
	괜찮아! 걱정하지 마!
해일	바닐라! 우리 산에 가자!
	씨씹팔! 왜 그랬어! 왜 그랬니!
	괜찮아.
	우리 모두는 유기견이야.
보쓰	멍멍!

해일, 뛰쳐나간다.
상근, 고개를 숙이고 숨을 몰아쉰다.
장강, 서성이며 손톱을 물어뜯는다.
보쓰, 시소 앞에 앉아 장강의 눈치를 본다.

장강	부모가 모르는 거 확실해?
상근	네. 확실합니다.
댓글1	(자막) 저번에 애 물어 죽인 개 있잖아?
댓글2	(자막) 그게 그 개가 아니래요.
댓글3	(자막) 응? 뭔 소리야?

댓글4 (자막) 장장강이 셰퍼드가 진범이래.

장강 벌금은 둘째 치더라도 시끄러워지면 누가 책임질 거야?

댓글1 (자막) 그 개. 사실은 군견 빼돌린 거래.

댓글2 (자막) 전에 일하는 아줌마도 한 번 물렸었대요.

댓글3 (자막) 주인이고 개고 진짜 졸라 개새끼들이구만.

댓글4 (자막) 용호약품 장 회장. 그 인간 아주 갑질로 유명해.

장강 가뜩이나 갑질이다 뭐다 난리도 아닌데.

댓글1 (자막) 장설호 회장 세컨드 자식이잖아?

댓글2 (자막) 잡아다가 콩밥 좀 먹였으면 좋겠어요.

장강 댓글이니 뭐니 지랄발광들 할 거 아니야.

댓글3 (자막) 개가 아직 살아 있는 게 말이 돼?

댓글4 (자막) 무조건 죽여야 돼!

장강, 초조하게 제자리를 맴돈다.

현지 회장님?

장강 나, LA 갔었어. LA에서 너 봤어.
산타모니카 쇼어호텔. 거기서 너 봤어.
로비에서. 수영장에서.
어떤 젊은 남자랑 같이 있었어.
다정하게 팔짱 끼고 대놓고 키스하고.
그러게 호텔 이름은 왜 가르쳐 줬어?
물어본다고 말해 주면 사람 착각하잖아?

　　　　　온갖 상상하면서 거기까지 찾아간 내가 바보지.
　　　　　그래, 좋아. 다 좋아. 이해할 수 있어.
　　　　　나는 왜 안 돼? 한번 만나 볼 수도 있잖아?
　　　　　마음이 정리가 안 돼.
　　　　　나는 아니야? 안 돼?
현지　　회장님?

장강, 현지를 향해 돌아선다.

현지, 반지를 뺀다.

반지를 장강에게 돌려준다.

장강, 반지를 움켜쥔다.

실장　　(영상) 네, 회장님!
장강　　너는 일을 어떻게 하는 새끼야?
실장　　(영상) 죄송합니다.
장강　　어디서 실력도 없는 삼류 작가를!
실장　　(영상) 네, 알겠습니다.
장강　　계약 취소하고 그냥 홍보실에서 진행해!
실장　　(영상) 네, 그렇게 하겠습니다.

현지, 깔깔깔 웃는다.

현지　　유치해서 정말.

장강   사람을 가지고 놀아?

현지   제가 언제요?

장강   너도 나한테 관심 있었잖아?

현지   제발, 친절을 친절로 받으세요.

　　　　 진심을 진심으로 받으세요.

　　　　 얼마나 진심 어린 마음을 못 받으셨으면

　　　　 이렇게 애정 결핍이실까?

　　　　 돈이면 다 되는 줄 아세요?

　　　　 아직 세상에는 살 수 없는 게 더 많아요.

　　　　 끝에서 세 번째 문장에 주제가 있어요.

　　　　 인연, 다시 보세요.

장강   세 번째는 아니 만났어야 좋았을 것이다.

현지   호호호. 한국 남자들의 필독서예요.

　　　　 Enough is enough!

현지, 웃으며 나간다.

장강, 반지를 쥔 주먹을 부르르 떤다.

보쓰, 장강에게 다가와 다리에 얼굴을 비빈다.

장강, 보쓰를 본다.

발로 걷어차려다 멈춘다.

보쓰, 납작 엎드려 끙끙거린다.

장강, 심호흡하며 머리를 굴린다.

탁자 앞에 앉는다.

장강   앉아.

상근, 맞은편에 앉는다.

장강   너도 마음고생이 심했겠다.
상근   아닙니다.
장강   그래. 얼마야? 얼마나 달래?
상근   그게…… 액수를 말을 안 합니다.
장강   치료비, 위로비,
           뭐 그 정도 생각했을 텐데
           일이 이렇게 돼서 막막하겠다.

상근, 한숨을 뱉는다.
장강, 상근을 물끄러미 본다.

장강   할 수 없으면 사실대로 까발릴 수밖에 없잖아?

상근, 장강을 본다.

상근   아닙니다!
장강   아니긴. 너도 살아야 되는데.

상근, 일어난다.

상근 저 대장님 진심으로 존경합니다.
저, 대장님 전역식 때 엉엉 울었던 놈입니다.
휴가 나오면 한번 찾아오라는 말씀에
무작정 인사드리러 왔었습니다.
그날 그 따뜻했던 고깃국을 제가 어떻게 잊겠습니까?
제대하면 한번 오라는 말씀에
무작정 찾아온 저를 지금까지 거둬 주셨습니다.
저, 목숨 걸고 대장님 모셨었고
앞으로도 평생 그럴 생각입니다.
저의 은인이십니다.

장강, 일어난다.

장강 불행을 볼모로 잡고 있는 애들이 있어.
그런 애들한테 걸리면 정신없어. 알잖아?
상근 다행히 순진한 사람들입니다.
장강 자랑이다, 인마.
상근 아닙니다.

장강, 상근의 머리를 쓰다듬는다.
돌아서서 정면을 쏘아본다.

장강   걱정하지 마.

변호사   (영상) 아무래도 중과실 치사로 봐야 되니까,

보통 2천에서 3천인데요,

잘하면 과실 치사로 막을 수도 있을 것 같은데요?

그럴 경우에 7백 정도 생각하시면 됩니다.

장강   괜찮아!

영수, 들어와 탁자 앞에 앉는다.

상근, 영수 앞에 앉는다.

장강과 보쓰, 시소 앞에 앉아 지켜본다.

상근   죄송합니다.

저희도 사정이 이렇다 보니까.

더 드리고 싶어도.

사는 거 잘 아시지 않습니까?

상근, 한숨을 쉰다.

영수, 긴 한숨을 뱉는다.

영수   아무리 그래도…….

그 액수가 말이 됩니까?

상근   저도 드릴 말씀이 없습니다.

영수, 하늘을 보며 한숨을 뱉는다.

상근　　어쨌든 무단 침입하신 게 있으시잖아요?
　　　　저도 좀 알아봤습니다.
　　　　쌍방 과실이 있다 보니까 합의금이 적을 수밖에 없어요.
　　　　마음이야 더 드리고 싶습니다. 저도.
　　　　천만 원이면 정말 신경 쓴다고 쓴 겁니다.
　　　　일이 이렇게 돼서 저도 잘릴 판입니다.
　　　　그러니까, 왜 허락도 없이 들어오셨어요?
　　　　회장님이 변호사 붙여서
　　　　손해 배상 청구하시겠다는 거 말리느라 힘들었어요.

영수, 몸을 부르르 떤다.

영수　　그 개는요?
상근　　네?
영수　　죽여야지요.
상근　　그럼요. 죽여야죠.
영수　　어디에 있습니까?
상근　　저도 정말 답답합니다.

영수, 상근을 쏘아본다.

상근　　애도 정말 모르겠다는데 어떡합니까?

영수, 일어나 터벅터벅 나간다.
상근, 장강 앞으로 간다.
장강, 상근에게 돈 봉투를 건넨다.
상근, 장강에게 인사하고 나간다.
보쓰, 눈을 비빈다.
장강, 손수건으로 보쓰의 눈을 닦는다.

장강　　눈곱이 왜 이렇게 많이 꼈어?
보쓰　　히힝.
장강　　가만 있어.

장강, 보쓰를 응시한다.

장강　　또 그럴 거야?

보쓰, 고개를 흔든다.

장강　　이번이 진짜 마지막이야.

보쓰, 고개를 끄덕인다.

장강   큰일 날 뻔했어!

보쓰, 장강의 품에 안긴다.

장강   걱정하지 마.
   안 죽어.
   내가 지켜 줄게.
   괜찮아 보쓰.

Ⅳ. 나는 어떡해.

10. 씨씨팔!

해일, 미끄럼틀 위에 우두커니 앉아 있다.

해일　　알지?
　　　　　우리가 처음 만난 곳이야.
　　　　　바닐라는 3일 동안이나 그 자리에 그대로 있었어.

해일, 일어난다.

해일　　바닐라가 질리면 초코나 딸기로 갈아타는 거야.
　　　　　씨씨팔! 원래 그냥 그런 거야.
　　　　　슬퍼하지 마. 그런 거니까. 그냥 그런 거니까.
　　　　　다음 날 바닐라는 그 자리에 없었어.

마음이 놓였어.

해일, 휑한 자리를 둘러본다.
힘없이 걸어 내려온다.
상근, 서류를 들고 탁자 앞에 앉는다.
해일, 상근 앞에 앉는다.

상근　　진짜 몰라?

해일, 고개를 끄덕인다.

상근　　어디 멀리 갔겠지 뭐.
　　　　　잊어 버려.

해일, 목을 꺾는다.

상근　　아빠가 새로 하나 사 줄게.
　　　　　작고 예쁜 강아지로.
해일　　썹팔! 씨씨팔!
상근　　괜찮아?

상근, 인주를 꺼낸다.

상근 손 줘 봐.

상근, 해일의 엄지에 인주를 묻힌다.

상근 여기 찍어.

해일, 서류에 지장을 찍는다.

해일 무슨 무슨 합의서였어.
자세히 보기도 싫었어.
지문을 처음 찍어 봤어.
내 지문을 처음 봤어.
지문 위로 권리. 포기. 가해견. 안락사.
얼핏 그런 글자들이 보였어.
갑자기 어른이 된 거 같은 느낌이 들었어.
아, 나도 이제 어른이구나.
그래, 나도 이제 나쁜 사람이 된 거야.
나도 공범이 된 거야.

상근, 서류에 도장을 찍는다.
서류를 들고 나간다.

해일 그때 그 그림이 떠올랐어.

리를 포기하며
사에 동의함으로써
히 합의하였습니다.

하상훈 (인)
하해일 (인)

은지, 김치볶음밥을 들고 들어온다.
해일, 허겁지겁 먹는다.
은지, 맞은편에 앉는다.

은지   천천히 먹어.

해일, 살짝 눈물을 닦는다.
은지, 물을 따라 준다.
해일, 마신다.

해일   엄마.
은지   응.
해일   진짜 가?

은지, 고개를 끄덕인다.

해일   너무 멀지 않아?

은지, 한숨을 쉰다.

은지   미안해. 그렇게 됐어.
해일   엄마.

은지　왜.

해일　양수의 물결무늬, 그거 진짜야?

은지　응?

해일　엄마 그림 봤어. 시랑 같이 있는 거.

은지, 기억을 더듬는다.

해일　2학년 3반 엄은지. 너의 손가락.

은지　아! 호호호. 어떡해!

은지, 얼굴을 가리며 부끄러워한다.

은지　너, 그거 어디서 봤어?

해일　엄마가 집에 두고 갔잖아?

은지　그게 아직도 있어?

해일　다락에 엄마 캐리어.

은지　아직 안 버렸어?

해일　엄마 글 잘 쓰더라.

은지　이래 봬도 엄마, 문예반이었어.

　　　　시화전에 작품도 내고, 축제 때 시 낭송도 하고.

해일　엄마. 나는 엄마가 집 나가서 좋아.

　　　　아빠랑 같이 사는 거 싫었어.

　　　　둘이 안 어울려. 엄마가 아까워.

　　　　　　아빠한테 아저씨 만나는 거 꼬발린 거는 나도 몰라.
　　　　　　내가 왜 그랬는지.
은지　　　알아.
해일　　　아저씨가 아빠면 좋겠다고 생각해서 그랬나?
　　　　　　그게 미안해서 그랬나?
은지　　　괜찮아.
해일　　　엄마.

은지, 반응이 없다.

해일　　　엄마…… 우리가 이런 이야기를 할 날이 올까?

해일의 상상 속에 있던 은지, 홀연히 일어나 천천히 나간다.

해일　　　엄마를 만나지 못했어.
　　　　　　식당이 없어지고 카페가 생겼어.
　　　　　　옆 가게 아줌마가 그랬어.
　　　　　　중국으로 간다고 하던데?
　　　　　　씨씨팔! 왜 말도 안 하고 가?

우두커니 앉아 있던 해일, 자리에서 일어난다.
고개를 숙이고 터벅터벅 걷는다.
해일, 불쑥 고개를 든다.

해일　　바닐라?

바닐라, 어렴풋이 모습을 드러낸다.
해일, 놀라 입을 막는다.

해일　　바닐라였어.
　　　　　집 앞 공터에서 기다리고 있었어.

바닐라, 해일에게 달려와 안긴다.
해일, 목소리를 낮춘다.

해일　　왜 왔어?
　　　　　왜 다시 왔어?
　　　　　어떻게 찾아왔어?

바닐라, 해일의 가슴팍에 귀를 댄다.

바닐라　　팔딱팔딱.

바닐라, 해일의 손을 핥는다.
해일, 인주 자국이 남아 있는 엄지를 본다.
바닐라를 안는다. 숨죽여 운다.

11. 별이, 왜, 나는

선영, 정면을 향해 서 있다.
한동안 객석 한 곳을 응시한다.
영수, 선영의 뒤에서 같은 곳을 본다.

선영　　비뚤어졌지?
　　　　　반듯하게 보이지만 자세히 보면 아니야.
　　　　　반듯하지 않아.
영수　　제대로 걸려 있는데 뭐.
선영　　아니야. 오른쪽이 살짝 높아.
　　　　　액자 하나 똑바로 못 걸고 살았어.
영수　　똑바로 걸려 있다니까?
선영　　아니라니까.

똑바로 봐 봐.

저것도, 저것도, 저기 저것도.

저건 왼쪽이 살짝 높아.

반듯하게 걸린 게 하나도 없어.

영수, 돌아서며 한숨을 쉰다.

선영 그 시 제목이 뭐였지?

저 아래 빌라가 그 시인 생가라고 했었잖아?

영수 김광섭.

성북동 비둘기.

선영 그 시, 밝은 시였지?

영수 밝은 시는 아니지.

선영 그래?

여기 이사 와서

그 얘기 듣고 기분 좋았었는데.

와, 시인이 시를 썼던 동네구나.

시 한번 찾아본다는 게

그걸 한 번 못 하고 살았네.

영수 검색하면 금방 찾는데 뭐.

찾아 줘?

선영 됐어.

선영, 영수를 본다.

선영　　우리, 이사 가자.

영수, 선영을 본다.
천천히 고개를 끄덕인다.
선영, 영수를 보며 인상을 쓴다.

선영　　안 돼.
　　　　그 개.
　　　　죽여야 돼.
　　　　내가 미쳤지.
　　　　그런 애를 집에 들이고.
　　　　아니, 아니, 왜?
　　　　왜 혼자 됐어?
　　　　왜 안 데리고 왔어?
　　　　거길 왜 데리고 갔어?
영수　　그만해.
선영　　왜 나한테 말 안 했어?
　　　　내가 말렸을 거 아니야!
　　　　재단 사무실 그 개 같은 년.
　　　　보험 공단 그 개 같은 새끼.
　　　　그놈의 해촉 증명서.

3만 원, 3만 원, 3만 원.

영수, 돌아앉아 한숨을 쉰다.
선영, 숨을 몰아쉬며 제자리를 맴돈다.

선영　　별이, 왜, 나는, 별이, 왜, 나는, 별이, 왜, 나는,
　　　　　별이, 왜, 나는, 별이, 왜, 나는, 별이, 왜, 나는······.

12. 오도독오도독

장강, 그네에 앉아있다.
와인을 마신다.
보쓰, 그네 옆, 바닥에 앉아 있다.
뼈껌을 씹는다.

보쓰　　오도독오도독.

핸드폰 벨이 울린다.
장강, 일어나며 받는다.

장강　　아이고, 원장님.
　　　　　안녕하셨어요?

네. 그럼요.

일이 늦게 끝나셨나 봐요.

그냥 내일 주셔도 되는데. 하하.

네. 다름이 아니라 다음 주말 어떠세요?

하하. 좋은 데 한번 모시려고요.

그때 말씀드렸던 신약 이야기도 좀 드리고요.

네. 아이고, 좋습니다.

하하. 오랜만에 좋은 데 한번 가셔야지요?

아직 청춘이신데요, 뭘. 하하.

그럼 제가 다시 연락드리겠습니다. 네. 네. 쉬세요.

장강, 끊는다.

장강   영감탱이가 내숭은. 하여튼. 쯧쯧쯧.

장강, 와인을 마신다.

보쓰   오도도도독.

보쓰, 뼈껍을 씹는다.
장강, 정원을 둘러본다.
불쑥 적막감을 느낀다.
한숨을 쉰다.

장강, 전화를 건다.

장강   여보세요.
그래, 나다.
일어났지?
뉴욕이 지금 아홉 시지? 그래? 여덟 시야?
내가 너무 일찍 건 거 아니지?
그래, 한잔 마셨어. 괜찮아.
아빠가 그냥 좀 하면 안 돼?
아무튼 임용 다시 한 번 축하하고.
자랑스럽다. 대단해. 잘했어.
너 아빠 무시하면 혼난다.
나 아직 호랑이야.
이 장장강이 아직 살아 있어.
이빨 빠진 호랑이가 가죽은 더 질긴 법이야.
그래. 걱정하지 말고.
그냥 좀 마셨어.
보쓰? 잘 있어. 옆에 있어.
불안증이래. 얘도 늙은 거지 뭐.
약 먹이기 시작했어. 괜찮아졌어.
그럼. 오래 살아야지. 누구 갠데.
애들 좀 바꿔 봐. 아, 얼른.
하이, 필립.

하우 아 유?

두 유 리멤버 유어 그랜드파더?

하하. 오케이. 두 유 리멤버 그랜드파더 하우스?

두 유 미쓰 유어 그랜드파더?

땡큐. 아이 미쓰 유 쏘 뭐치.

오케이. 굿바이. 아이 러브 유. 리멤버 미.

그래. 말하는 거 보니까 다 컸다, 다 컸어.

알았어. 제니한테도 안부 전해 주고.

언제 올 거야? 잠깐이라도 한번 왔다 가. 그래.

알았다. 끊는다. 그래.

장강, 그네에 앉는다.

와인을 마신다.

잠시 밤하늘을 올려다본다.

손톱을 물어뜯는다.

보쓰   오도독오도독

뼈 껌을 씹던 보쓰, 장강에게 다가온다.

장강의 발을 핥는다.

장강, 보쓰의 머리를 쓰다듬는다.

13. 팔딱팔딱!

파도 소리가 들려온다.

인적이 드문 해변.

해일과 바닐라, 바다를 향해 서 있다.

파도가 밀려온다.

폼을 잡고 서 있던 둘,

파도가 다가오자 요란을 떨며 물러선다.

둘, 서로를 보며 웃는다.

해일 어비스 러브.

    심해의 사랑.

바닐라 핀핀!

해일 핀핀은 원래 분홍색 돌고래였어.

바닐라　　빠초라초빠!

해일　　사람으로 변하는 저주.

　　　　짜고 쓴 혀의 감촉을 느꼈을 때 핀핀은 절망에 빠졌어.

　　　　말을 해야 하는 인간이 되는 건

　　　　말이 필요 없는 돌고래에게 엄청난 고통이야.

　　　　짜디짠 바닷물이 목구멍으로 들어오면

　　　　뱉어 낼 수밖에 없었어.

　　　　돌고래들은 그걸 헉이라고 불렀어. 헉,헉,헉.

바닐라　　히히힝!

해일　　바닐라를 만난 핀핀은 모험을 시작해.

바닐라　　또또!

해일　　맞아. 블루 보이 또또.

　　　　내가 찾고 있는 너의 이름이야.

해일, 바다를 본다.

해일　　지문은 양수의 물결무늬래.

　　　　양수의 물결이 지문을 만드는 거래.

　　　　우리는 모두 바다에서 자랐어.

　　　　넓고 큰 바다에서.

　　　　파도는 바다에만 있는 게 아니란다.

　　　　엄마는 잊지 않을 거야.

　　　　내 몸속에서 들려오던 파도 소리를.

기억하렴.

바다가 만들어 준 너의 지문을.

손은 바다를 보기 위해 있는 거야.

나는 너를 낳을 거야.

나는 그 손을 낳을 거야.

바닐라, 해일의 손을 핥는다.

해일　　미안. 이번에는 너를 찾을 수 없을 것 같아.

씨…… 씨발!

언젠가 그릴 수 있을까?

또또, 그때는 너를 만날 수 있을까?

해일, 자리에 앉는다.

해일　　앉아 봐.

바닐라, 해일 옆에 앉는다.
해일, 바닐라의 발톱을 깎아 준다.
바닐라, 눈을 감는다.
잠자코 해일의 가슴팍에 귀를 기울인다.

바닐라　　팔딱팔딱.

너의 손가락

2학년 3반 염은지

지문은 양수의 물결무늬래.
양수의 물결이 지문을 만드는 거래.
우리는 모두 바다에서 자랐어.
넓고 큰 바다에서.
파도는 바다에만 있는 게 아니란다.
엄마는 잊지 않을 거야.
내 몸 속에서 들려오던 파도소리를.
기억하렴.
바다가 만들어준 너의 지문을.
손은 바다를 보기 위해 있는 거야.
나는 너를 낳을 거야.
나는 그 손을 낳을 거야.

해일, 일어난다.

바닐라, 일어나 해일을 본다.

노을이 진다.

바닐라, 노을을 본다.

해일, 바닐라를 본다.

이를 악문다.

해일   가!

          다시는 오지 마.

해일, 돌아선다.

바닐라, 해일을 본다.

해일, 울지 않는다.

마스크를 쓴다.

바다를 등지고 돌아선다.

혼자 남은 바닐라, 노을을 본다.

          막

작가의 말

자주 가는 북악산 등산로에서 덩치 큰 흰 개를 만났다.
아직 눈이 맑고 털이 고왔다.
버려진 지 얼마 되지 않은 유기견으로 보였다.
한참 동안 따라오던 개는 가라며 인상을 쓰던 나를
오랫동안 지켜보고 있었다.
산을 내려오는 길에 저택 정원에서 아이들의 웃음소리가 들려왔다.
높은 벽 너머로 뛰노는 꼬마들의 머리가 살짝살짝 보였다.
어머, 집 안에 트램펄린이 있는 거야?
좁은 문틈 사이로 다가가 엿보려는 순간
사납게 짖는 소리에 깜짝 놀라 물러섰다.
나를 쫓아오던 버려진 개와 나를 경계하던 저택의 개.
그날 서로 다른 둘을 만난 경험이 『바닐라』를 쓰게 만들었다.
성북동 산기슭의 멋있는 저택과 그 아래 다세대 주택 사이의
가깝고도 먼 거리를 걸을 때면 버려진 개의 눈동자가 떠오른다.
나를 따라오던 그 선한 얼굴이 눈에 밟힌다.
미안하다.

바닐라

2021년 9월 6일 1쇄 펴냄
2023년 7월 30일 2쇄 펴냄

지은이　　김은성
그린이　　은정지음
펴낸이　　이계섭
책임편집　이라희
디자인　　타르박

펴낸곳　　(주)백조
주소　　　경기도 화성시 남여울3길 19 201호
전화　　　031-8015-0705
팩스　　　031-8015-0704
출판등록　2020년 8월 14일
ISBN　　　979-11-972148-4-4 (44810)

*이 책은 서울문화재단 '2019년 창작집 발간 지원사업'의 지원을 받아 발간되었습니다.
*이 책의 원작 희곡 『그 개』는 서울시극단 정기 공연으로 세종문화회관에서 초연되었습니다.